[日]伊藤比吕美 著
蕾克 译

たそがれてゆく子さん

身后无遗物

湖南文艺出版社　博集天卷

目录

希望死后无遗物／001

吾骨终将曝荒野　今日尤向荒野行／008

冻僵的肩膀、膝盖、腰和脑袋／013

口袋里总装着狗粪袋／018

能重新来过吗？／022

那之后的我们／027

老婆婆照顾严重年迈的老爷爷／032

是野泽那智啊／037

夫，快不行了／042

夫的状况更糟了，再加上熊本／047

带夫回家／051

临终／056

曾无数次诅咒他去死／061

尽管如此，仍要活下去／066

写出来就清爽了／071

1

微胖妇女在咔嚓咔嚓山上该穿什么／076

汉尼拔和夫／081

第一次两代人同居／085

第一次做脸和做按摩／090

肯尼思·布拉纳怒吼，夫也怒吼／094

浮云无定端／098

写给比我稍年长的女人们／102

生剥鬼的喊声便是我的心声／107

旅行／112

现实／117

想扔／122

写给孩子们的信／127

特朗普／132

难眠／136

巴巴，坐，车／140

克莱默，克莱默／145

毒亲／150

很棒的拉梅兹呼吸法／155

忌日／160

贫困的预感／164

植物的殉死／168

承载着无数回忆的烤鸡／172

留给大家一些菜谱／177

按摩的快感／182

夜夜扭扭舞／187

豆沙难戒／192

清算过去／197

户籍证明的难解之处／202

干脆回去吧／207

修炼自我的修验道／212

丢失与寻找／216

内向的人们／221

进口一只狗／226

拔毛／231

恋恋难舍／235

人生咨询的回答／239

石牟礼道子／244

小留结婚／250

查帕拉尔／255

夏末 秋初／259

日式炒面／263

后记／267

希望死后无遗物

大家好，很久不见。在很久不见的日子里，我飞快地老了，前不久过了六十岁生日，现在身体松软下垂，脸和脖子满是皱纹，从前的吊梢眼变成了下垂眼，发际线全白。

几个月前，我开始练居合道，不习惯的动作让我伤了右肩，穿脱胸罩和开门关门都很费劲。还有，我总用右手单手打字，结果右手得了腱鞘炎，现在不听使唤，临时上场的左手和左腕也疼了起来。我要赶稿，连续伏案两个星期，腰也有了麻烦。终于交完稿，我有点忘乎所以，明知腰在告急，还去狂跳了尊巴（请参见《闭经记》[1]），于是膝盖跟着

---

[1] 《閉経記》，中央公论新社 2013 年 1 月出版。《闭经记》，广西师范大学出版社 2022 年 7 月出版。——译者（若无特殊说明，皆为译者注）

告急。直到前不久，我还是尊巴舞班里最活力四射的一个，现在蹦不起来，胳膊伸不直，关节咯吱生痛，骨质疏松。我不服气，同时也看清楚了：这就是现实。

更年期那几年挺好玩的。结束后有种重见天日的昂扬感。但我没料到，在更年期之后，"老"会以这种形式袭来，还将没完没了地持续下去。

啊，人生中出乎意料的事时常发生……我恋爱，以为终于找到心上人，事情却不如意，心烦焦虑；婚后夫妻生活安稳下来，我发现我不再想做爱了；离婚的苦涩程度堪称意料之外；我深爱的孩子们进入青春期，出乎意料地向我露出凶猛的獠牙。虽说意料之外的事繁多，但我都跌跌撞撞地走出来了。所以现在的老，我终归能走出来。但与以前不同，走出之后，迎面而来的将是死。

不过，就我这性格，肯定用不了几年，就能找到一个享受老去的活法。所以女汉们，在我找到之前，请先等一等。

我鲜明地记得母亲的衰老和死去。她先是瘫痪，在医院躺了四年半，还患了阿尔茨海默病。因为彻底卧床不起，所以还好说。她若是患病后在外面乱走，会更麻烦。如果人终将受到遗传基因的操纵，那么这就是我的将来。可能性非常大。不过，这个将来是何时？反正不是现在。

同居的夫，今年八十七岁。

去年春天，我们俩去了一次伦敦。这次旅行好像把他累狠了，回来后他猛然老了，谁都能一眼看出，他在走一个长长的下坡。以此为界，喜欢了一辈子的威士忌他不再喝了。夫对威士忌非常挑剔，只喝苏格兰艾莱岛出的一种名字像咒语的单麦威士忌。去年春天，我们打算在伦敦之后专程去一趟艾莱岛，看看他念叨了多年的威士忌酿酒厂。当我们终于到了那里时，他不再喝酒了。

性事在更早的阶段就没了。不过，看到夫对眼前的艾莱岛威士忌无动于衷时，我终于意识到，他放弃了自己的男人性。

话说回来，"死"这种事情，无论见证过多少次，都无法习惯。

母亲死前不久，我在熊本。那时母亲状况不好，我想回加利福尼亚自己的家也回不去，主治医生告诉我，母亲的状况安定下来了，我暂时回家也无妨。我刚回美国，母亲死了。而那时我根本没有想过母亲真的会死。

父亲死时也是这样。

在他死的前几日，主治医生说可能就在这几天了，我表情严肃地听医生讲，实际上脑子里空荡荡，什么也没想。然后在那天，父亲说他感觉不好，我送他去住院，自己返回家，写了即将结稿的稿子，之后返回医院，进病房不到十分钟，父亲死了。直到那个瞬间，我从未想过父亲真的会死。

狗死时也是这样。

狗渐渐老衰，大小便失禁，我耐心地看护了它。临终的几小时，它呼哧喘着粗气，因为它是狗啊，散步之前总是（因为期待着出去玩）呼哧喘着粗气，我以为它还能活，还不要紧，和平时一样，让它卧在我脚下。就在我写邮件的时候，刚才还响在耳边的狗的呼吸，倏尔静了下来。我知道狗总有一天会死，却没想到是此时。

夫死时可能也会这样吧。

可能直到夫不动弹了，凉了，我才能悟出，夫真的会死。

不过，最近夫衰老得太快，如疾风暴雨。钱的事，房子怎么办，死后的各种麻烦手续等，我不是没想过。别看我在这里一口一个"夫"，实际上我们没有办正式手续。他倒是说过"我死了房子就是你的了，随便你怎么处理"。他是个艺术家，家里到处都是他的画。因为没有别的地方可放。

房子就算想卖，也卖不掉。画要是卖掉倒是可以挣点钱，问题是轻易没人买。轻易没人买，说明偶尔还是有人买的，所以不能扔。

我嫌麻烦，过去曾想过，只要夫死了，第二天我就收拾行李回日本。可现在我的行李越来越多，收拾不过来……每次思考这个问题时，总是想到这里，我就头昏脑涨再也想不下去。还早呢！夫啊，会一直活着，到死为止。死何时降临？不知道，没准儿永远不会降临。

最近我周围的几个女友都失去了丈夫。对我，她们都说了一模一样的话：他在世时，我快烦死他了；一旦他不在了，我就特别寂寞，特别特别寂寞。

母亲还活着时，离家长年住院，父亲孤独一人守着家，孤独一人等待着女儿回家看他，等啊等啊，就那么死了。父亲曾说过："太寂寞了，太无聊了，如果我现在死了，鉴定书上的死因肯定是无聊。"父亲的这种孤独，就是女友们的"特别寂寞"吧，我现在才意识到。

我做过美梦，夫要是不在了，烦人的事就消失了呀，我想几点睡觉，就几点睡觉，喜欢吃什么，就能吃什么了，多好啊。实际上他真的死了，我在这里一整天不和人说话，只和狗相伴活着。这也是遗传基因作怪吧，我切身感受到了父亲死前的孤独。

人也许能活到九十岁、一百岁，身体动不了，坐不了飞机，被社会遗忘，与友人来往得越来越少，陆续接到讣告，这个人不在了，那个人不在了。走不了路，跳不了尊巴，做不了饭，读不了书。然而依旧和别人一样，每天要度过二十四小时。我觉得什么时候死都可以，但是不知道死何时降临。

也许每个人都想逃离这种苦，所以才有宗教。或者，才有阿尔茨海默病吧。有时我情不自禁地这么想。

母亲死后，我去医院收拾她的东西，用几个纸袋就全部装下了。母亲在病房生活了四年半，只拥有这么一点点东西。毛巾，牙刷，杯子，洗发水，纸尿裤。我忍不住为她喝彩。

我和母亲一直互不理解。在很多事情上，我不想变成她。不过这阵子，我慢慢能理解她了。收拾她的东西时我想，如果能像她这样，身后不留一物地死去，实在很豁达，很利落。母亲之所以能这样，是性格和价值观决定的。我的性格和价值观，决定了我做不到。我肯定会攒无数东西，不舍得松手,直到死的那一刻,死后还要让女儿们费尽力气收拾。我很同情女儿们,不过,给父母送终和青春期一样,是人生必经的过程。

面对我的遗物,女儿们或者收拾,或者扔掉,过程中她们会想起无数往事,会低声地交谈:啊真的,我们给妈妈添了很多麻烦,你看,妈妈写了这件事,写了那件事,说了这种话,说了那种话呀。妈妈的性格和人生选择也给我们添了那么多麻烦,让我们活得很痛苦,不过妈妈保护了我们,拼命把我们养育成人,把我们当作珍宝,也是真的。

她们会想,一个女人不遗余力地活过,一往无前地死了。接下来轮到她们了。

她们会想着这些站起来,用力脚踩大地,放眼自己的人生。

她们一定会这样的,我相信。

吾骨终将曝荒野
今日尤向荒野行

前一阵子，夫进了 ER（急诊室），医院不放他回家。

要知道这可是美国医院，出了名地不舍得让病人多住院。生孩子？一天。心脏搭桥手术，也只能住五天。就是这样的美国医院，竟然找了各种理由，收容了夫整整十天，不肯让他回家。他们给夫用了强效利尿剂，限制每日水分和盐分的摄入，让夫度过了牢骚不满的十天。

夫，八十七岁。

他心脏不好，做过搭桥手术，装着起搏器。这次他心力衰竭，出现全身积水，脚浮肿得像球。因为积水，体重骤增。肺部积液导致呼吸困难。

我对他说，还是去 ER 看看吧。可是，夫不听别人的话，尤其拿我的话当耳旁风。

看着他喘不上气的痛苦样子,我说我妈用过制氧机,戴过吸氧管,他才松口,说这个主意好像不错。他给医生打电话,结果被医生告知:立即去 ER。

"看!我说什么来着,没错吧!"当然,这话我没说出口。

那时我正在玩命赶稿,马上要到截稿日期了,我在医院给编辑发了一封邮件:"正在急诊室。"编辑看后,宽恕了我几个小时。事后详细说起,才知道,编辑以为我写不出稿,在看电视剧《急诊室》解闷儿。掀桌!

那次我好歹交了稿,第二个月暂停了连载。

因为心力衰竭住了十天医院的老人回到家后,浑身肌肉一下子变得软弱无力,相当于日本的"需要看护 2"[1]的状态,走不了路,不能自己穿脱衣服,一个人什么也做不了,日常起居都得我照顾。此外还得频繁去医院,很早以前我就不让他开车了,去医院也得我贴身陪着。

---

[1] 日本的护理保险制度规定,老人及患者可以通过医院确定需要看护的程度,从而获得保险制度的支援。程度最低两级是"需要支援 1、2",其次是"需要看护 1",最高是"需要看护 5"。"需要看护 2"的状态为:日常生活(包括起立和走路等)需要旁人帮助,认知能力下降。

我可以自豪地说，无论我生孩子的时候，还是两个女儿一个接一个患了风疹和腮腺炎不能去托儿所的时候，替重病的父亲和母亲找医院的时候，他们死的时候，我都没有放下自己的工作。而现在，我根本顾不上工作。不对，等等。刚来加利福尼亚时，两个女儿一个得了厌食症，另一个不说话了，我作为母亲，嗯，怎么说合适呢，用尽力气保护了她们。正好那时我被日本遗忘，没人约我工作。现在可不一样，我想做的工作太多了。

尽管如此，夫住院的几天，有种奇妙的感觉我忘不掉：我成了孤零零的一个。至今为止没有任何一件事，能让我有这么深刻的孤零感。

远方的女儿们打来电话："妈，你在做什么？"我回答："在肆意妄为。"女儿们吓一跳，忐忑不安地问："肆意妄为？哪些事？"

我的所谓肆意，程度相当有限。只不过是带着狗去看日落，太阳西沉很久，天都黑透了还没回家，漫无目的地在荒地（我称其为荒地，实际上是自然保护公园）和海边徘徊良久……

平时我没这么做过。毕竟夫的视线在那里，一家人的生活在那里。我心里总是很焦急，总想着早点回去，还要做饭呢。

夫住院的几天后，迎来了十五的圆月。我出去看了月升。第二天凌晨，月落比日出早了片刻，天还黑着，我去海边看了。加利福尼亚所有的海都朝向西面，雾霭遮掩了月落，我没能看到，不过从相反方向看到了太阳的升起。回家路上陷进早晨上班上学的拥堵车河。我一边觉得运气不好，一边想，家里反正没人，早晚回去都无所谓。即使拥堵得再厉害，我也不在意了。

夫迟迟不出院。月亮由圆转缺。晚上我不去卧室睡，就在工作间和衣躺一会儿。我躺在那里，小狗尼可依偎过来。蝴蝶犬尼可快十岁了，现在是家里唯一的狗。它外貌是蝴蝶犬，举止是蝴蝶犬，我带着它在荒地和海边徘徊时，它就像一只陪伴在山岳猎手身旁的精悍之狗，混着草原狼的血脉，潜行于鼠尾草的茂密草丛，上高崖，下山坡，搏击翻滚而来的海浪。

我和尼可裹在同一张毛毯下，睡过去，醒过来。没心思做饭，光吃鸡蛋了。

这样子与其说是自由，不如说更接近荒芜。与其说是一身轻，不如说更像哪里裂开了虚无的黑洞。很多次我想，这就是女友们描述的那个世界吧。

丧夫的友人们都对我说，他活着时，你快烦死他了，看他各种不顺眼；他死了，你反而顾不上这些，只觉得异常寂寞，身边没人了。

冻僵的肩膀、膝盖、腰和脑袋／

今年秋天，我六十岁了。同龄友人送给我一条红围巾。我说着谢谢，哈哈哈哈笑出声，其实我的身体正在一路滚下坡。

就是从练居合道开始下坡的。

居合道？你这把年纪，怎么想起练这个了？大家都这么问。那时我重新精读了森鸥外的《阿部一族》，在着手改写这本小说。说到《阿部一族》，便是武士切腹，切腹，再切腹，故事就是这么个故事。所以我在动笔之前，想学习一下用刀斩人、被斩和切腹时的姿势动作。我为此做好准备，报名参加古武道研究会，学习如何甩手里剑，重新开始骑马，还参加了刀剑研究会。这些都是我从加利福尼亚回到熊本时做的事，时间有限，能学到的也有限。在加利福尼亚的话能学得更久一些，所以我在加利福尼亚寻找合适的地方，我家附近有个居合道的道场，就在那里学了。光是能摸到真剑[1]这一点，就大不相同吧，我想。

谁知道，真剑太长，我拔不出来。拔出来后，又重得拿不动。

老师是一位英国女人，小个子，精瘦身材，马上七十岁了，已练了几十年居合道和合气道之类的武术，仿佛随时能"唰"的一声拔剑斩人，"唰"的一声归剑入鞘。我无论如何也学不来。不管我怎么拼命划拉，都做不成那个"唰"。过去的武士，应该比我和老师都矮小，也能干净利落地做出那个"唰"，在日常生活中实践那个"唰"。而我费尽吃奶的力气，划拉划拉划拉，扯到筋骨，伤了肩膀。

胳膊抬不起来，我梳不了头，剃不了腋毛。那天，我正往身上穿戴运动胸罩，刚抬起胳膊，就感到一阵剧痛，我想把伸进一半的右胳膊拔出来，又是一阵更强烈的疼痛，我保持着七扭八歪的姿势动不了，镜中的姿态非常可怕。肚

---

1 居合道是一种修行拔刀术的武道。日本剑道练习时使用竹刀，而居合道即使是初入门者，使用的也是模拟刀，有段位的人在演武和比赛时可以使用真剑。

子、上臂、乳房，都皱巴而松垮。我以这副样子去找夫，他用剪子帮我剪开胸罩，我才脱身。

我以为只是肩膀不行，后来腰也跟着不对劲。我被截稿日期追赶，好几个星期没去跳尊巴。跳不了尊巴的我整天坐着。黄昏时，狗催我出去散步，我才喊着号子站起身，这种时候腰和腿都很僵硬，能听见"吱呀呀呀呀呀"的摩擦声，酷似长年未经打理、关节生锈的机动战士。

我还在日本时，有次从远处观察父亲的走路姿势。父亲走路时前倾着身子。也许是他心急，想走得快一点，也许是帕金森病初现端倪。当时我没多想，只觉得父亲老了。我知道父母都老了，依旧抛下他们，决定移居到加利福尼亚，可见我是个狠心的女儿。不过话说回来，如果不离开，我可能会活不下去，当时我在拼命地寻找生路……这些话，以后有机会再慢慢讲。

现在我身上到处疼，走起路来仿佛穿着机动装甲，看上去就像当年的父亲吧。

处理完稿子，我以父亲的姿势前倾着走路，去跳了尊巴。又去跳了尊巴。又又去跳了尊巴。前段时间去不成的反作用力。一星期去跳了十二次。去得太多了。左膝开始钝痛，脚一着地就疼。全身都在呐喊：不干了罢工了不干了。

往身上套牛仔裤时，身子一歪，脚下踩虚了。这件事我也有既视感。母亲过去喜欢穿有松紧带的长裤，她往身上套裤子时，嘴里喊着号子抬起一条腿，想飞快地伸进裤腿里，结果总是身子一歪，几乎要摔倒。母亲那时多大岁数来着？简直就像现在的我。

正襟危坐？根本别想！坐下去就别想再站起来。上下台阶时四处酸痛。再说夫，他的岁数几乎是我的两倍，有关节炎，心力衰竭，脊柱什么什么炎，心肌什么什么炎，他背着各种疾病名，在那儿苟延残喘。我的疼和不听使唤，和他的根本不能比。就算我跟他说，我肩膀疼、膝盖疼，也得不到他半句安慰的话。只能听见他一连串的牢骚，这里疼，那里难受，受不了了。我听烦了。真的，打心眼儿里听烦了。

医生告诉我，我这是 frozen shouder，冻结肩，就是肩周炎，用日语说就是四十肩或五十肩。明明我都六十岁了。

"五十，六十，还历之年哟。真要命，所以我这是什么肩？"

"四十肩。"

"四十啊。四十，五十……"

赚到了呀，我得了个落语《时荞麦》[1]式的肩周炎。

---

[1] 古典落语里的滑稽故事。冬夜，某男子在摊上吃完荞麦面，付钱时每拿出一文钱，嘴里便喊出数字：一，二，三，四，五，六，七，老板，现在几点？八点？好嘞，九，十……他靠问时间蒙混过关，少付一文钱。旁边一个男人看在眼里，深感这是一个好办法，第二天，此男吃完荞麦面，交钱时也模仿着喊出数字：一，二，三，四，五，六，七，老板，现在几点？四点？好嘞，五，六，七……

口袋里总装着狗粪袋

同龄友人（再次强调，我今年六十岁）发来邮件："好想再谈一次恋爱啊。"我会意地点头，无意中瞥见自己已是对恋爱不感兴趣的模样了。

这阵子我几乎每天都同一个打扮。牛仔裤，T恤衫，帽衫。帽衫兜里装着喂狗的肉干，牛仔裤口袋里塞着狗粪袋。腰上挂着钥匙串。车钥匙，家门钥匙，还有驯狗响片。

是的，我现在一身伺候狗的打扮，目标是当一群的头领。

过去，一群里有我的三个女儿，有德国狼狗小茸，有蝴蝶犬尼可和路易。女儿们离开了家，小茸死了，路易死了，现在只剩了尼可。

尼可很努力，不过我带着它散步时，还是很想念狼狗，想念它的如影随形，想念它的强壮有力和聪明劲。我想再过一次身边有狼狗的生活。但是如果真的要养，我得耐心陪着精力无比充沛的小狗，得训练小狗，得照顾老狗，得照顾夫。我现在六十岁，从体力上看，快没机会了。

在这里，我必须讲一讲我的孤独感。

在加利福尼亚我有朋友，但我要赶稿子，没有时间交际。我要是这么说，仿佛原因全在截稿日期上，其实更主要的原因，是我生来不擅长社交，不喜欢做脱离日常轨迹的事，觉得去喝咖啡和与人聊天都麻烦得要死。

夫是正牌工作中毒症，憋在工作间里一步都不出来。在工作间里，他过去是在工作，现在老了，没精力，干不好了，他本人不愿意承认，我看得清清楚楚，上午他基本在里面打瞌睡。下午从 Netflix（奈飞）上找出《星际旅行》剧集一直看到半夜。《星际旅行》持续了几十年，有无数季，怎么看也不会结束。

算了，他爱怎样就怎样吧。

过去我做晚饭时，他来到厨房，喝一杯餐前威士忌，我陪着他喝啤酒或葡萄酒。最近他滴酒不沾，还畏寒，嫌厨房太冷，不过来了。只有在吃饭的一小会儿时间里，我们才在餐桌上见面。他一个人什么也做不了，我得给他准备好一切，所以早中晚见三次面。只有这么多，一吃完饭，他就溜进工作间不见了。

这就是说，我除了赶稿、跳尊巴、用电脑和世界各地的友人联系之外，其他时间，都在和狗一起过。

我们这种状态接近家庭内分居，不过关系并不坏。过去我们有过炽烈的吵架，气急之下我甚至咬过他。哈哈哈哈，咬了他的大腿。那之后夫狠狠报复了我（从精神上）。我一点都不后悔咬他。吵归吵，咬归咬，不知不觉间我们和好了。现在我们都老了，在过一个老人照顾另一个老人的生活。夫妻关系真的很莫测。

夫老了，现在性格变圆融了。不知他是眼神不好，看不见所以不在意，还是觉得自己快死了，自身健康最重要，没力气在意妻子的事了，所以我们现在不吵架。

不过，夫前阵子住院时，我察觉到一个事实。即使是这样的夫，只要他在家，家里就有气息和动静。夫要是死了，这气息，这种动静，就会消失殆尽。

回日本后，我找了熟悉的针灸师，一直很疼的肩膀和膝盖现在好多了。右肩依旧抬不起来，不过已习惯，感觉不出别扭。老人的下坡路？洒家乃是不死身。我这么想着，从日本回了加利福尼亚，一阵子没见面的夫变得更加衰老，仿佛没了水分。看着他干瘪的样子，我想起他住院时我的感受，他要是死了，家里就空荡荡了。那么，现在不养更待何时。

要是养狼狗，我打算从救护站领养。这一带有好几个德国狼狗的救护站，其中一个站里，这时恰好有一只特别可爱的。

我装出一脸可怜巴巴的样子，和夫商量（夫讨厌狗）："这辈子就求你这一次，我想养一只德国狼狗。"他二话没说就同意了。他的表情给我留下深刻印象。好像一个男人知道自己大限已近，什么事都看开了。也好像，他面对即将被他抛下的亲人，心生了哀悯……

我想，趁着他还没反悔，事情要赶快敲定，于是联系了救护站。特别可爱的那只已被领走。第二喜欢的那只，也被人领走了。我邂逅的第三只，就是克莱默。命运让我们走到了一起。啊，我太想好好给大家讲一讲克莱默了，不过本次字数已满，下次再说。

能重新来过吗?

克莱默来到我家一个半月了。

现在彻底成了我家的狗。

喊它,它会过来。告诉它去散步,它兴高采烈地跑到门口坐着等。在狗公园里无论玩得多么疯,让它坐下,它都会立刻乖乖坐下。散步时不拴绳,它也不会擅自跑远。我们之间有了绝对不会分开的信赖。

一个半月前,我第一次在德国狼狗救护站见到它时,它可不是这个样子的。我看了救护站的网页,打电话过去,女工作人员先是口头说:"克莱默很怕人,和人处不好。"她的口气非常冷淡,但没什么恶意。

救护站的工作人员先让我拍了家周围、院墙、大门和室内的照片传过去，照片合格了。据说狗很容易逃出去的房子是不行的。他们说现在有好几个申请人，我决定先去救护站看看，与克莱默见一面。

一个衣着稍显邋遢的中年女人出来接待我，一眼看上去，就觉得她是懒得与人来往，更喜欢和狗打交道的人，我马上对她特别有好感。"克莱默非常怕人。"她再一次告诉我。

"它不喜欢和人相处，讨厌被人摸，不知道怎么和其他狗一起玩，完全不是去狗公园玩耍的性格。"

她的口气好像在试图打消我的信心，同时又很真诚，给人感觉她爱狗，在为狗着想。

"它还是三个月大的小狗的时候，在路上流浪，被抓去等待捕杀处理，我们把它救助到了这里。它现在大概七个月，可以说还是只小狗。"工作人员说。

克莱默有一双大大的耳朵（这是小狗的特征），它确实非常怕人，一脸畏惧不安，身体瑟瑟发抖，不敢看我。

"啊，这样子，我过去也见过。"我想。是我的女儿。刚来美国时的沙罗子。

这次是沙罗子陪着我去救护站的。工作人员说克莱默讨厌被人摸，可是沙罗子抚摸它，它乖乖的，没有反抗，还舔了沙罗子抚摸它的手。"它真的讨厌别人摸它，它想狠狠咬回去的，可是太害羞了，就用舔代替了咬。"工作人员说。

啊，我胸中万千感慨，一时说不出话来。当年的沙罗子完全就是这样子的。我刚把她带到美国时，她十岁，畏惧不安，瑟瑟发抖。明明想咬的，又因为害怕而张不开嘴，连舔都没有舔。一年、两年、三年过去，她还是适应不了美国，我用尽全力陪伴了她。

就是在那时，我们养了上一只狼狗小茸，并把照顾它的任务交给了沙罗子。从处理它乱撒的尿，到服从训练，还训练它怎么冲上去咬坏人，这些工作原本不是一个正值青春期的孩子能做到的，青春期的孩子应该活得更自私更肆意才好，但是沙罗子除了小茸没有其他朋友，还不知道自己究竟是谁，自私不起来，只有一颗裸露的心，敏感而细腻，遍布血淋淋的创伤……所以我给了她一只狗，想着若是小狗能做她的朋友就好了。狗真的做到了，做得非常好。

说实话，我特别后悔。每天都要后悔一次。要是不离婚就好了，不把孩子带到什么美国就好了，依着沙罗子的性格，再耐心等待一段时间就好了。大女儿鹿乃子性格像我，就算受了伤，也大大咧咧，粗粗拉拉，遇到事情总能闯过去。

沙罗子用自身的力量站起来了。现在她大学毕了业，有了工作，有了男朋友，过着安稳的生活，这次还陪我来救护站，想帮助我照顾和训练狗。这次是她在帮我。我好像还没有从她的过去走出来，还牵挂着她的小学和中学时代。

能再一次从头来过吗？育儿。我问自己。能借这只小狗从头来过吗？小狗恍若当年的沙罗子，细腻易伤，胆小不安。

写到这里，我有点想哭，能遇到这只境遇相似的小狗，我太幸运了。

于是定下来要收养克莱默。最开始，就像家里有了一只草原狼。我一靠近，它就躲。它远远看见我的人影就躲，根本别想在它脖子上拴绳。它倒是会主动进笼子，因为在救护站的笼子里生活久了。等它进笼缩成一团时，我给它套上牵引绳，带它出去散步。别看它怕这个，怕那个，狗都喜欢散步。就这样，我紧握着克莱默的牵引绳上了路。

没想到克莱默的心是青春期的心，身体像十几岁的小男生（忘记说了，它是公狗），跑跳起来充满了雄健的爆发力。我被它拽着,绊着,跟着它扭了身体,摔了跤,刚刚好转的腰和膝盖立刻又告急了。

克莱默来我家三个星期后的一天,我紧握着牵引绳,有些忘乎所以,想都没想,就跟着它跑到下坡路上。克莱默见我兴致高,于是释放出狗本来的迅疾跑速,我也拼命跑,想跟上它。可惜我做不到。完全来不及反应,我就飞到了半空中。

我人在半空,下意识地松开了牵引绳。

我撞到地面,趴在那儿了。心里想着克莱默会逃跑吧,于是跳了起来。

克莱默没有逃走,它不再跑,站住了,在一旁的草地上老老实实地吃着草。你是马吗?总而言之,就像骑手落马后,马会在骑手近旁溜达一样,克莱默在一旁悠闲地嗅着各种气味。我跟跟跄跄地走过去,它没有逃。我命令它坐下,它乖乖坐下了,仿佛在说"妈妈,让你受苦了"。

那之后我躺了三天。感觉就是这样,我和克莱默之间达成了互相信赖。

那之后的我们

"自那以后，我们……"[1] 这句歌词萦绕在我心里。我是古典迷（爱好古典音乐），这阵子迷上歌剧，工作和开车时在听威尔第。可是突然，我脑子里回响起这一句流行曲。只这一句萦绕不去。我想听整首歌，去 YouTube 上找了。找到菅止戈男[2]唱的版本，还有 SMAP 的只出声不露脸的版本。

SMAP 帮了我大忙。

1997 年，我带着孩子移居美国，孩子们正值青春期，艰难的青春期。

---

1 歌词出自《夜空ノムコウ》(《夜空的彼方》)，音乐组合 SMAP 于 1998 年 1 月发表的单曲，菅止戈男作词，川村结花作曲。
2 菅止戈男（1966— ），音乐人，《夜空的彼方》的歌词作者。

青春期本来就险恶，我还离了婚，离散了家庭，用蛮力重组了一个新家庭。孩子们跟着我去了美国，面临的是外语和异国文化。

青春期对女儿们来说，很艰难，非常孤独。因为没有朋友，那段日子过得难上加难。在日本她们和睦得像一对双胞胎，来美国后，玩不到一起了。

母亲我想了主意。得给她们的生活里添点男生。很久之后鹿乃子有了女朋友，让母亲我深切明白了这种事情不限于男的。不过在女儿们处于青春期时，我只想到男生这一招。

那时我不了解美国文化，想起日本流行文化里的男孩，觉得偶像也是可以的。冲着现实中不存在的男生发出梦幻尖叫不正是青春期女孩的必经之路吗（我没少尖叫）？

我问父亲，有没有小姑娘喜欢的电视节目，请帮我录成录像带寄过来。父亲对此一无所知，反问我想要什么，我回答："比如SMAP那样的。"

这一句话把"SMAP"的名字钉进了父亲脑中。父亲每个星期认真录下《SMAP×SMAP》和《面包超人》（这是给小女儿小留的），稍后又录了《口袋怪物》（在美国也流行开了，二女儿和小女儿是口袋怪物迷）。那时用的是

VHS录像带，现在家里还有很多三倍速录像带，盒脊上有父亲的手书："面包超人""SMAP×SMAP"。面包超人，SMAP×SMAP。

孩子们凑在一起翻来覆去看了这些，因为只有这些。处于青春期的她们举步维艰，不适应学校，没有朋友，甚至搞不懂自己是谁，每个星期，每个星期，翻来覆去地看这些节目，我也跟着一起看了。

《夜空的彼方》就是那时的单曲。我是个写诗的，很挑剔歌词，觉得这首歌的歌词好。歌名里片假名的用法很新鲜，不解决问题、不说漂亮话的做法很新鲜，遣词自然随和，前所未见，听过一次就不会忘。

那时，各种难题从日常生活各方面喷涌而出，我只能耐心地花时间，用我自己的办法一件一件去解决。父亲衰老了，收不到他的录像带了。母亲衰老了，病倒住院，从此卧床不起。我开始频繁地回国照看独居的父亲，把家里的录像机换成DVD机，教给父亲怎么操作。

就在这期间，小女儿上了小学，上了中学，开始上日本人学校（不是文部科学省开设的正式日本学校，而是在美日裔自己办的）。SMAP也换成了岚。

小留上的那个班是为以日语为母语的孩子开设的,他们口语流畅,不擅长读和写。其中一半是混血,另一半父母都是日本人。这些父母准备在美国扎根,孩子们在美国出生、长大,不觉得自己是日本人,也不觉得自己是百分之百的美国人。就是这些孩子,一遇到什么事,都齐唱了岚的歌。女孩子们是岚迷,男孩子也不示弱。对这些日裔男孩来说,日本有岚这么酷的男生,他们很受鼓舞。

最近,不对,应该说更早之前。没办法,在很多事情上我和日本有时差。更早之前,SMAP组合出现了解散危机,我从网上都看到了。就是在这时,《夜空的彼方》里的那句歌词萦绕在我脑中挥之不去。

"自那以后,我们相信着什么。"

是啊,究竟相信了什么。我边唱边想。

"我们"是谁和谁呢?"自那以后"当然就是字面意思。自那以后发生了太多事,只这一句歌词,就让我一件连着一件想起了往事。

我对木村拓哉和松本润没兴趣,后来过了很久,与我同龄的友人兴奋地告诉我:"《木更津猫眼》好看!""《虎与龙》好看!"真的吗?有多好看?让我瞧瞧。结果我一看就迷上了冈田准一。

然而伤心的是，杰尼斯事务所不向网络开放旗下艺人的肖像权，所以在网上看不到他们的脸。事务所这么做也太狠心了吧。不考虑一下海外粉丝的心情吗？我这个身在美国的日本女人发出悲伤的叹息。冈田准一主演NHK（日本放送协会）电视连续剧《军师官兵卫》时，就连亚马逊卖的相关书籍上都看不到冈田的脸。他是主演，杂志封面上他的脸做了挖空黑影处理。太狠了吧。就这么不想让人看吗？我很伤心。

没办法，我只好不时去逛一下枚方公园的官网，看一下为那里代言的冈田准一的脸。

老婆婆照顾严重年迈的老爷爷

我光顾着狗了，夫的手术日期临近了。他要做一个在斯帕伊拉尔斯塔上添加斯帕伊纳尔管的斯蒂缪勒申手术。大家要问，你写的这是什么呀。我也不知道，就是把耳朵听到的发音写出来了。

按说做完手术当天就能回家，不过，手术过程中夫没了呼吸，医生紧急中止手术，让夫住院了。接到医生的通知电话后我吓了一跳，不过这事吧，既视感很强，我就知道会这样。以前也发生过，心脏不跳了，肾脏不工作了，没呼吸了，手术做不成了，最终导致心脏罢工。

为了这次手术，夫去了很多次医院。他不能开车（他嘴硬说还能开，我可不敢让他开），步行的话，最多能走几米远，所以每次我先把轮椅放到车上，让他坐进车里，我开车去医院，取出轮椅，撑开，让夫坐好，把轮椅推到安全的地方，让他等着，我再把车开到医院停车场，小跑着回去找夫，推着他去诊疗室。看完病后（因为用了利尿剂，这期间他要去几次厕所），又按刚才的做法，载着他回家……如此反复多次。所以我的打扮始终是牛仔裤、T恤衫和运动鞋。这身也适合出去遛狗，我一天到晚穿着。

其实，频繁去医院不光为了准备斯帕伊纳尔什么什么的手术，这个手术是止痛专家的范畴。夫还要去看循环内科、泌尿科、骨科、眼科，负责为他诊疗的内科医生就像他的私人医生。决定手术后，他还要去见麻醉医师。每去一次，我都要把轮椅放进车里开过去，以下同上。而夫，他心脏搭过桥，装着起搏器，一边是人工髋骨，肩膀和膝盖里钉着东西。这次的斯帕伊纳尔什么什么手术要往他的脊柱里放什么什么，好减轻疼痛。所以，夫基本上是人造人。

说到人造人，我想起石森章太郎的漫画《人造人009》。我小时候特别喜欢这部漫画，男主角岛村乔是我的初恋。在漫画里，人造人都是年轻人，只有改造者吉尔摩亚博士是老年人。可是！在现实中，吉尔摩亚博士和茶水博士之类的老年人成了人造人，靠着人工的力量，一小会儿一小会儿地延长着生命。

报纸上经常刊登讣告。昨天的讣告，是夫的老相识的。我不想告诉夫，却不小心说漏嘴了，因为我脑子里"死了死了死了"一直在打旋儿。夫听后说："他死了吗？他招人讨厌，我们在学会上吵过架。"别看夫嘴上这么说，心里其实在想他自己的死。

我连忙说了几句话缓和气氛。人都是要死的呀，牛顿和爱因斯坦都死了呀。夫说："道理我懂，我不是怕死，只是不愿意在身后留一大堆乱七八糟的事。"别看夫嘴上这么说，没有一件事不是乱七八糟的。

无论如何，手术没做成。切开的刀口没派上用场就又缝合了。夫沮丧得不得了。

每天早起，他洗漱完毕穿好衣服（上一次出院后暂时需要别人当帮手，现在他一个人也能做，只是要花成倍的时间），从二楼下来，坐到餐桌前。他每天穿着同样的衣服，以同样的姿势下楼，坐到同一个位置上，所以我能清晰地看到，他的外观、表情和步子，都一天比一天更显衰老。他坐在餐桌前，低着头，脸色黑沉沉的。这种表情，这种状态，这都不是抑郁的话，那什么才是抑郁。弄得我也没精神找他说话。每天早晨我都长叹，这个抑郁的男人，我照看了多少年啊。

夫黑着脸、低垂着头一脸阴郁的原因，是身体的疼痛。据他说疼得受不了。我能看出来，但无法感受。去医院时，医生问他，如果疼痛程度从一到十，现在是几。夫每次都说："这种分类毫无意义，每个人对疼痛的感受力不一样。"然后告诉医生，他现在的痛度是九。疼痛的原因，是斯帕伊纳尔什么什么和全身的关节炎。这之上，还有心力衰竭和肾功能衰竭两座山。人的皮肤、骨骼、肌肉和内脏被连续使用八十七年，早就破烂不堪，难免手术时呼吸会停止。

我和夫年龄相差很远，外貌相差更远。我照顾他时，尤其在医院，别人常以为我是护士。常有人问我夫的紧急联系人是谁，因为只有妻子才能在关键时刻做决定。我忍不住想，没准儿我是哪个看不见身影的白发八旬老妇人雇来的。在我的意识中，我明白自己和夫年龄相差颇远，由此常常忘记自己的年龄，看见四五十岁的医生护士，觉得人家是我的同龄人。我想得太美了。好几次我不得不纠正自己：无论怎么看，人家也就四十来岁！在别人眼里，我和夫，就是一个老婆婆在照顾一个严重年迈的老爷爷罢了。

是野泽那智啊

我现在在日本，在工作。把夫扔在美国不管了，只每天打电话问问情况。我这样好像不负责，不过有句话叫作"顾好眼前事，哪怕之后洪水滔天"。

前几天的星期六傍晚，我工作结束，开车回家时，听了NHK的调频广播，听到几个熟悉的男声在聊天。一人声音低沉而威严，另一人声音高扬而明快，带点板正的味道。我脑海里立即浮现出两个人的样子。一个是坐轮椅的男子，刚进入老年，身材富态。另一人好似中年花花公子，三七分发型，头发上打着厚厚的发蜡。

我认真地听了，听到两个旧日熟悉的名字：若山弦藏，矢岛正明。节目请他们做嘉宾，聊了声优的工作。所以，我脑海里浮现出的两个形象，是他们配音的角色，一个是无敌铁探长[1]，一个是秘密特工拿破仑·索罗[2]。

意外惊喜！恰好我来日本前，刚刚在美国的 Netflix 上看了二十世纪六十年代的老电视剧 The Man from U.N.C.L.E.[3]，过去在日本叫《0011 拿破仑·索罗》。

有人会问，你怎么看这么老的片子？

理由如下。

我先是看了一部新拍的电影《秘密特工》[4]。是部大制作的冒险娱乐片，喜剧，粗略描写了六十年代。不坏，能骗到没经历过六十年代的年轻人。很遗憾，没骗到我。我非常熟悉六十年代。我记得六十年代，所以越看越觉得味道不对，越看越不满意，看完就去找了六十年代播出的同名电视剧。美国的 Netflix 里能找到这种老片子。但是我忘记了一件事，在美国看剧，人物开口自然是英语，不是我熟悉的日语配音。

1　首播于 1967 年的美国电视连续剧 Ironside（《无敌铁探长》）的主人公。
2　首播于 1964 年的美国电视连续剧 The Man from U.N.C.L.E.（《大叔局特工》）的主人公。
3　通用汉译名为《大叔局特工》。
4　2015 年公映的电影 The Man from U.N.C.L.E.。

所以话题说回开始。我在广播里听到了若山弦藏和矢岛正明的声音。

那是1969年。我上初中二年级，简称"中二"，在电视上看了《0011拿破仑·索罗》的第四季。播放时间很晚，要到晚上十点多才开始，我正在青春期，父母允许我这么晚看电视。所以我一下子就迷上了剧里的伊利亚·柯亚金。

我一直觉得，"中二"是一段特别差劲的时期，不知道自己究竟是谁，不懂得如何与人打交道，成长的身体背离着内心。那时，山崎君、人造人009以及拉斯柯尔尼科夫都是我喜欢的男人，可是我在学校走廊里与山崎君擦肩而过时，会满脸通红。009是漫画里的，拉斯柯尔尼科夫是小说里的，这两个人都只存在于书本里。

所以我一下子迷恋上了电视屏幕上的大叔。

他就是拿破仑·索罗的搭档，苏联特工伊利亚·柯亚金。演员是英国的大卫·麦考姆，为角色配音的是野泽那智。最终我的迷恋集中到了野泽那智身上。虽然我看不见他的样子，只能听到声音，但我就是着迷了。野泽那智。

那时电视上还在放手冢治虫的动画片《多罗罗》，里面的百鬼丸也由野泽那智配音。

那时电视的"洋画剧场"档里经常放法国电影,阿兰·德龙优雅而甜腻的声音,是野泽那智。意大利西部片里浑身是血的朱利亚诺·杰玛,是野泽那智。那时还经常放美国新浪潮影片,说是反体制,其实非常清新,看得我心里小鹿乱撞。阿尔·帕西诺和达斯汀·霍夫曼,都是野泽那智。

后来我找到一档名为 *Puck in Music*(《音乐精灵》)的深夜广播节目。主持人是野泽那智和白石冬美。每到星期四晚上,我坚持说要学习,待在桌子前,等待深夜一点的到来。深夜一点,《音乐精灵》开始了,好像一直要播放到凌晨,我总是听到中间就睡着了,从来没听完过。

啊,我今天忽视了年轻读者,说的都是限定六十岁以上才知的旧事。算一下的话,我今年六十岁,那么若山弦藏和矢岛正明现在已经相当高龄。查了一下,两人今年都是八十三岁。

野泽那智在 2010 年去世,享年七十二岁。我至今记得,父亲看到野泽的讣告,低声嘟囔了一句:"他还年轻,还能干,却先死了,剩下我这种人……"那时父亲八十七岁,孤独,终日无所事事,身心疲惫。那之后,父亲又活了两年。

再说回开头的广播。节目快结束时，主持人说："您想对现在的声优说些什么呢？"若山弦藏用完全不似八十三岁高龄的润泽而深沉的嗓音说："不要雕饰，自然表现就好。"矢岛正明也表示同意，认为那种一听就知道是配音的腔调并不好。两人的语气坚定而爽朗，听得我特别感动，不由得想，如果野泽那智也在场，不知他会说什么。

夫，快不行了

这几个星期，夫的身体状况出现了大变化。我写这篇的时候也在变化。现在汇报给大家。

四天前，我和两个女儿，三个人一齐用力，把动不了的夫拉拉拽拽弄上车，送到了急诊。我们把死沉的电动轮椅改成手动模式，用木板垫平家门口高低不平的地面，把夫弄到车前，抬了进去。

我开着车，夫沉默无声，或者说在昏昏沉沉地半睡。这阵子他一直这样。几星期来，无论在餐桌前还是在工作间里，他都低垂着头昏睡。以前他若是坐着打了瞌睡，会咒骂自己，现在没这个力气了。吃完早饭，睡着了。吃完午饭，睡着了。吃完晚饭，睡着了。我们之间说不了几句话，他呼吸急促，话声虚弱。去急诊的路上，我想，夫就快死了呀。我想起父亲死去的那天，父亲就像夫现在这样，站不起身，呼吸困难，说不出话，终于同意去住院了（之前坚决拒绝住院），上了医院的迎送车，几小时后死了。所以我默默开着车，心想，夫会以这个状态死去吧。

这几年来，去医院的路我走了无数次，早习惯了，知道哪个路段在几点拥堵，熟悉将要去的医院的每个角落。

夫要是死了，接下来将有好多麻烦事。大家经常说哪个老头子在丧妻之后，什么也做不了，一筹莫展，连存折放在哪里也不知道。我就是这样。

当年，我像只野猫住进这个家不走了，至今生活了二十年。我负责伙食费，在外面买东西的钱也是我掏。夫负责还房贷，交水电煤气费、房产税、房子的维持费。我一头雾水，不知道东西放在哪里，该怎么办手续。所以现在我心里有两种心情在打架。第一，这么多麻烦事，他能不能往后拖一拖再死。第二，不可能万事皆有备，现在他死了，留给我无数麻烦，不也是浮世常情吗？啊啊，我还得联系夫的儿子和女儿呢（都和我年龄相近）。

四天过去了，夫还活着。

他在 ER 做了精密检查，得到精密治疗，复活了一丁点。一百年前的老年人若是到了这种状态，动不了，说不出话，进不了食，便会枯萎而死。现代医疗能使人苏生。他以为已走到终点，可是终点自己向前挪动了一段距离。我不是没有怀疑过，这难道不是违背自然吗？

母亲重病时，父亲年迈时，我无数次思考过这个问题，无数次想过，不做过度治疗，把死交付给自然规律，这是人本来的死法吧。

我这么想了，加上夫本人也一直闹小性子，表示坚决不去急诊室，那么我就顺着他，交给自然规律，让他在家里慢慢衰竭，等察觉时，"哎呀，断气了"，这种事也不是不可以。但我耐心地说服他，带他去了医院。

前几天，我忍不住问了夫："你想活下去吗？"

我这么问他时，他的状态是：白天昏昏沉沉地打盹儿，稍微动一下就剧痛难耐，手脚不再听使唤，站起时会跌倒，跌倒了无力站起，严重便秘，即使大便了，自己也擦不了，经常小便失禁，家里到处是尿臊气，一天要换好几次内衣和长裤……所以，我特别，特别，特别想问他，走向死亡究竟是什么感觉。

同样的问题，我也想问父亲，但没能问出口。父亲是个普通人，没有力气和勇气直视问题思考答案吧。从他平时的话里，我能感受到，他总在想这件事，但我没能当面开口问。再说回夫。夫是画家，以思考和表现为职业，是大学教授，喜欢辩论，滔滔不绝。因为辩不过他，我不知气哭过多少次。这样的夫，应该有能力回答这个率直的问题。

大约二十年前，夫曾大声宣称，他若是有一天身体不能动了，就给自己一枪结束生命。他说无法想象自己老了以后，要当着别人的面拉屎撒尿。（唉，大家都是这么想的。其实大家一旦不得不这么做了，当众拉屎撒尿就都很坦然。通过母亲，我明白了这个道理。）

夫说归说，现在他已到了不能动的状态。安乐死在美国有些州合法，据说去俄勒冈州就可以。万一夫提出想安乐死，手续办起来极其麻烦，所以我问他，想自行选择去死吗？

夫立即回答说："No.（不。）"

"我现在的敌人，是身体不自如的自己，不是死。我还没有山穷水尽，还能和敌人拼。而且，我还能画画。画画是我人生的核心，只要还能画，我就要活着画下去。"

　　夫以清醒的头脑，坚决的态度，清晰的口吻，说了这段话。

夫的状况更糟了，再加上熊本

现在夫进了高龄老人专用的康复机构，彻底什么都做不了了。

从前段时间起，他走不了路，甚至无法站立，无法转身，大便在床上进行，小便依赖导尿管，呼吸仰仗输氧管。他以这种状态出了院。但这样子无法回家生活，先得去康复机构训练，哪怕能自己站起来，能从轮椅上移动到床上也是好的……就算这些都做到了，那以后呢？我无法不这么想。他住院之前，身体越来越不听使唤，我受的那份罪啊！

我这么想着，先让他进了康复机构。一进去，他就面临了双人房间邻床患者从早到晚要放大音量看电视的现实。对方有阿尔茨海默病，无法沟通。夫非常恼火，憋了一肚子不满，脸色越发黑黢黢，尿不出来了，整天垂着脑袋不说话，即使戴着输氧管仍然呼吸不畅，意识蒙眬，话说不完整，最后发起高烧，尿了血，被诊断为肺炎。骰子掷出"回到起点"，他重返急诊，进了ICU（重症监护室），转成普通病房，再一次回到了康复机构。

康复机构里有人在做康复训练，有人只是呆坐着。很多人比八十七岁的夫更加老态龙钟，能力全失。就是说，这里的状态酷似老人院。夫在两个人的帮助下坐进轮椅（他太重了，太重了），连在身上的导尿管和输氧管缠绕到了一起。

据夫说，在急诊室里他想，如果现在闭上眼睛，可能就永远睁不开了。确实，夫看上去离死只有一步。我问医生，夫会死吗？医生吃了一惊，说"还早呢"。医生说得对，夫战胜了肺炎，不再是濒死状态。人哪，没那么容易死的。

夫频繁抱怨睡不着，安眠药不见效，他咒骂医生不给他开强力安眠药。

夫住院时，邻床是癌症末期患者，整整一夜，医生和护士轮流守在其床边谈论病情，天亮前匆忙将其转移到了其他病房。夫以前就苦于失眠，从此彻底睡不着了。"如果闭上眼睛，不知道还能不能睁开，这么一想，就恐惧地不敢合眼。"夫说。

苦于失眠的夫把不满发泄到我身上。简直是发泄不限量。比如他叫了护士，护士没过来，比如迟迟没人送餐，比如晚饭特别难吃，比如护士屁事不管，诸如此类。我听了他的不满，握住揉成一团。随便他怎么说，我左耳进右耳出。

暗中我在计算钱。这边的保险可不像日本的护理保险那么人情深厚。康复机构的人告诉我，这边的保险八十日内有效，超过了就要自费。自费的话，一个月随随便便超百万日元。三个月三百万日元，五个月五百万日元。若像我母亲那样卧床不起四年半，要五千四百万日元。我不由得几十次几百次地想，怎么办呢？要么付不起钱倒毙于路边，要么我破产，送给他一个舒服的死。啊，最初为什么带他看了急诊。从根本上说，人都老成这样了，有必要费这么大力气延命吗？无论如何，他本人还不想死。

这阵子我一直和狗在一起。白天当然不行，还是会把狗留在家里的。从黄昏到夜晚，我和狗在一起。白天我听着夫的牢骚和不安，听着他暗淡得快要沉落到深渊里的话语和心声，黄昏时分，一天快要结束时，我把狗从车里放出去，松开牵引绳，大步疾走。医院背后是一大片空阔的平地，除了荒草，旷无他物。康复机构的背后是广阔的自然山岩，更是什么都没有。狗一会儿跑在我前面，一会儿落到我身后，我们走过空寂无人的平地，绕过岩隙，我深吸一口气，慢慢吐出，目送西边硕大的夕阳徐徐沉落。

就在我写这些时，熊本地震了。

想不到，我的故乡，我的家，我要回归的地方，竟然发生了地震。地震之后我才发现，有那么多的友人令我挂念难安。我发了无数邮件，依然没有发遍。我等不及干脆打了电话。有人能打通，有人打不通，更令我心急如焚。我在距离熊本万里远的地方，拼命从网络和报纸上寻找相关消息，在夫和其他人面前镇定自若，独自一人时深陷在安静的恐慌里。

人生一路，皆是苦楚。比如男人，比如离婚，父母的老去，孩子的问题，夫的衰老。这辈子从生活内部喷发而出的苦让我烦恼，让我举步维艰。我想大家也和我一样。家庭的崩溃让我们痛苦怀疑，手足无措，诅咒对手，责骂自己。与这些相比，地震是外来的苦，充满压倒性的暴力，残酷地摧毁了生活的地基，从正面袭击了我在亲人生死和成长中见证过的"柔软的生命"。不过，我们不必责怪自己。

带夫回家

终于，把夫带回家了。我心里明白，从今往后每日将如地狱。

这一个月，夫在医院和康复机构之间来来去去，一星期前住在康复机构里，不过他的表情越发黯淡，越发僵硬，活力全失。

五十年来他留着长发，在后颈梳个马尾（即使越来越秃，发型也没变过），住院没多久，他说头发太烦人，让我给他剪掉。我用剪子下狠手剪断辫子，请康复机构的理发师做了修整，还帮他剃短了胡子。于是夫仿佛变成了一个陌生老爷爷，老得特别厉害的老爷爷。我嘴上说着这发型很合适，可总觉得眼生，看了好几天才习惯。

带夫回家　051

我每天去康复机构，带他出去散步。他每天有训练内容，我估摸着他快到坐上轮椅的时间了，就过去，推着他在设施外广阔的空地上徘徊。不过他的表情还是那么暗沉，不见好转，没有食欲，体重在减少，手脚浮肿得厉害，一碰一个坑，呼吸困难，无论去哪里都离不开输氧。

夫说他想回家。一旦说出口，就一直在说，用尽全部力气诉说他想回家。我也想带他回家。和机构的看护顾问商量后得出的结论是，我们在家里做临终关怀护理。

临终关怀，就是不再做积极的治疗和康复训练，只减轻疼痛和不快感，让他自然活到死。这个可以用保险。不过保险不包含护工项目。所有人都告诉我，二十四小时有护工帮忙最好，夫那么重，各种要求那么多，我一个人承受不了。嗯，护工费一小时折合日元两千五，一天二十四个小时是六万日元。一个月一百八十万日元。我的眼珠都飞出来了，收不回去。

最初几星期还是需要护工的，没办法，等我习惯后，就可以自己做了吧。这样一来，一天只需要护工帮忙几小时，万一必须二十四小时严阵以待，夫的存款可以撑一年，而夫本人，撑不过一年。

于是我和护理公司签了约,交了定金。在此之前,还得在家里设置单人病房,各种事情都需要花钱。"老子的钱花在老子身上,哪里不好了,快点让老子回家。"夫闹着小性子,可当得知要交定金,知道了具体金额时,马上又哭丧了脸,说太贵了。

"今后要是这么花钱,用不了四五个星期,钱就会花光(并不会),让你们背上一身债(并不会),我不能选择这种活法。"夫哭得扭曲了五官。哪怕我安慰他"就算我们的钱不多,也还能应付一阵子,事情总能找到解决办法",他也听不进去。"我必须活下去吗?一定要付出让妻子女儿流落街头的代价吗?要是这样,我宁愿安乐死。听说加利福尼亚从今年六月就可以了,有两个医生签名就行,我只有这一条路了。"夫哭着说。

没办法,当天晚上,我打电话给护理公司道歉:"真不好意思,老头哭得哇哇的,所以……"就这样取消了二十四小时护工合约。夫简直像个孩子。我想起来,二十几年前我说过同样的话。"真不好意思,女儿哭得哇哇的,所以……"就那样取消了游泳课,取消了钢琴班的演奏会,取消了各种事。人生如走马灯。

事情到了这一步，只有我一个人干了。这几个星期，不对，这几个月，我在家、医院和康复机构之间奔走，自己的工作放在了一边。停了连载，当然也就没了报酬。没收入，光一大堆支出，这样下去的话，我根本别想工作了。这期间熊本还发生了地震。唉，没办法，人生里总有这样的时期。

现在我的烦恼是收拾大便。太臭了。照顾母亲和父亲的时候，事情来得突然，我来不及多想，只有冲上去，默默地收拾，有些臭，有些不臭。但是夫不一样。我们共同生活二十年，每次走进夫排完便的卫生间，我都觉得臭，气愤他为什么总是冲不干净，总得我来清洁。最近一个月，夫开始用纸尿裤了。纸尿裤我早习惯了。可是，纸尿裤里若是小宝宝的屁股，就又轻又光滑，便便也完全不臭。夫的……不敢想。就在我想着这些事的时候，夫也快从康复机构回来了，床和轮椅已经送了过来，制氧机和药品也送到了，负责擦拭身体的护士也来了。痛苦难耐时，负责救急的护士会赶来。如果我们愿意，还可以请牧师上门。能做的都做了，接下来，就是他一步一步地向死迈进。

再说夫，他坐着救护车回到家，脸上浮起淡淡的笑容，自言自语道:"昨天我还想死,一点都不想活了,可是看见蓝天的瞬间,就不想死了,想一直活下去。"

这个男人啊,真是……我瞠目结舌。不过,比起他一口一句想死,这样更好。就算大便极臭,他还活着,真的好多了。

临终

夫死了。

他死后,两三天里我一直感觉他在呼唤我,Hiromi[1],Hiromi!我这个人表面看上去在镇定自若地处理着各种事情,实际上内心很容易焦虑到爆炸。这几个星期,这几个月,我要照看夫,熊本发生了地震,我以焦虑到极点的状态飞奔着处理了各种事,现在,一切骤然静止了。

夫从康复机构回来时,我在他的工作间设置了病床。他是艺术家,会希望住进自己的工作地点,被作品包围吧。如果他心情好,还能工作呢。他回来之前,我这么设想。谁

---

1 即"比吕美"的发音。

知道他回来后，坐不了电动轮椅了。在康复机构时，他整天坐在轮椅上做康复训练，把他从床上搬到轮椅上是一个大工程，必须有护工帮忙，我做好了一天支付六万日元高价的准备。不过，现在他全天躺在床上，那我一个人就行，用不到护工。所以夫整天都在呼唤我，Hiromi！Hiromi！我随叫随到，始终陪伴着他。晚上，我在夫的床边放了折叠床，睡在上面。因为是临终关怀护理，机构派遣了护士，还借给我们全套电动病床（没有用到）和轮椅，这些也是保险能覆盖的。

几天之后，夫说他呼吸困难。护士给他用了吗啡。用药之后夫日夜昏睡，偶然睁眼，说刚才在病床旁看到了我。其实那时我在厨房。他还说，鹿乃子也在病床边，沙罗子也在，说自己看到了神奇的幻象。我只好顺着他说。夫断断续续睡了二十四小时，最后睁开眼睛，说做了噩梦，所以不想再用吗啡了。他给我讲那个噩梦。他梦见自己动不了，睡不着觉。这些都是他的现实，现实照进梦中，成了噩梦。我听他讲了，听完就忘了，就像刚做了梦，做完就忘了。

护士又来了，夫说褥疮太疼，护士说可以内服某种镇痛药。夫说从早晨开始有点口齿不清，护士冷静地说："这种状态就是 progression 的一部分。"progression？前进？进步？进展？进程？我有点糊涂。与其说是进步，不如说是距离目标更近了一步。这么一想，我明白了。是离死又近了一步。我没想过夫将死去，以为只是一段漫长难路刚刚启程。

那之后，夫渐渐神志不清，他一直在说话，对着梦中的谁说话。"对，抓住那边，你抓住这边，一！二！三！"他喊着号子，仿佛想坐进轮椅，但是身子动不了，他焦急万分。我问他要不要帮忙，他呵斥我去车那边等着，我说着"好的好的"，退了下去。

过了一会儿，梦变了。他梦见自己在工作，似乎在与合作方对话，他的手指在模仿敲击键盘的动作。声音充满活力，仿佛返回了过去。我这么想着，半醒半睡。"我会给你打电话的，OK（好吗）？"做着梦的夫放下电话，变安静了。啊，是睡着了吧，等早晨起来，我要把这些都告诉他：看，你睡着了呀，平时你总说自己睡不着，这不睡得挺好吗？我迷迷糊糊地想着这些，忽然一下子清醒了。

那时，天将黎明。我觉得周身寒凉，站起身关了窗。夫安静无声。胸部看不到呼吸时的一起一伏。我用手摸摸他。他的手原本就很凉，我摸不出来凉热。这几天他总是这个表情，总是张着嘴睡觉，让人分不清他是活着还是死了。此时也是这样。他还活着吗？死了吗？我这么想着。不过脑子里某个部分清楚地知道答案，他死了，不会再活过来了。

我给住在附近的沙罗子打电话，她立刻接听了。感觉她这几天，不，这几个星期都在随时待命。我告诉她Daddy（爸爸）好像死了，她说马上就过来，挂断了电话。不到十分钟，她便赶到了。

沙罗子呼叫了护士。护士三十分钟后赶到，做了确认。就在我茫然不知所措时，沙罗子安排好了很多事，联络了临终关怀机构，联络了葬礼公司，给正在上大学的小女儿找好了航班，通知了住在东海岸的夫的儿子（长子，与我同岁），以及住在旧金山湾区的鹿乃子。就在这么一小会儿时间里，夫的容颜一直在变化。刚才我察觉时，还不敢确定他的生死，现在几小时过去，一切变得那么清晰，那个躺在床上的人，就是已经死去的夫。葬礼公司的人过来，把死去的夫搬了出去。剩下一张空床。葬礼公司在床上放了一枝玫瑰。红玫瑰，极其鲜红的玫瑰，那红，深深烙进了我的眼睛。

小留回来了。她是夫的亲生孩子，夫年老之后才降生的孩子，青春期时与夫有过炽烈交锋的孩子。

事情在静默中有条不紊地进行，我能做的，只是跟上去不落下而已。我们去葬礼公司决定了葬礼流程，去申请了死亡证明书，这期间我说"往骨灰罐里捡骨的时候不用筷子吗"之类的笑话（一点也不好笑），被女儿们呵斥了。

太平间里，夫的颜色褪得很厉害，一片雪白。嘴巴被闭合了，身上缠着布，一直缠到脖子，他仰面躺在那里，眼睛紧闭着。他在床上死去时，嘴巴是张开的，直到刚才，他还一直是他，现在不像他了。女儿们抱在一起哭，抽泣着哭到哽咽。沙罗子哭得鼻水拖得好长，滴落到死去的夫的额头上。这几个年轻的女人，有从十岁起便受他照顾的继女，她们爱着他，为他哭到流鼻涕。我不觉得他是个好父亲，对他有很多不满，不过现在看来，他好像也不太坏。

曾无数次诅咒他去死

人们送了花。

夫在自己的工作间里死去。我们在立着巨大画作的墙前安置了床,他在床上生活了五天,然后死了。

花送来时,床已经收拾掉,房间里孤零零地剩了一张带活动轮的桌子。送来的花都放在桌上。又一拨花束送到,一拨又一拨。

我们抬出大桌放花。慰问卡片也送到了,无数卡片,都摆到桌上。我们点燃香蜡烛,摆放了他直至死前一直在用的手机(他用这个手机不停地呼唤了我)、电脑和眼镜。在他的威士忌酒杯里放了水,摆到桌上。水每日更换。还有照片。照片上他抱着孙辈婴儿,表情和蔼可亲。日本友人为他烧了香，写了"御灵前"的牌位。我从海边掬来一捧沙，放进天草陶器小酒盅里，在里面插了线香。美国友人带来威士忌，倒进夫用过的好几个威士忌酒杯里，供到桌上。夫是个意志坚定的无神论者，现在这样子，好像彻底变成了日本习俗中"要成佛的人"，被鲜花围绕着。

头七，二七……第三个星期时，全家人聚到一起，火化了夫的遗体（此前安置在葬礼公司的冷冻室里，这边就是这种做法），然后叫了朋友，开了追悼派对。全部结束后，所有人都走了，剩了我一个人。

数不清多少次，我曾诅咒他：你赶紧死了算了。现在他真的死了，生活骤然裂开，现出一片虚空。

以前我知道会出现虚空，但无论如何也预料不到竟然如此虚空。啊，我想对所有与老夫过得不和睦的老妻说，这次我真的经历后，才知道，这种事竟然这么寂寞。

彻骨的寂寞。

不是劝诫大家珍惜眼前人，我根本不是这个意思。

我希望大家把自己放在第一位，要首先保证自己的生存，如果一味唯唯诺诺，顺从别人，生活将会失去意义，我们可以把对方踹一边去，毫无顾忌地活着。

尽管如此，如果他死了，真的寂寞。

我现在觉得，无论他多么烦人，有多少牢骚，只要他还活着，哪怕只是简单的"还在"，就是好的。一想起他的表情，我就泪眼模糊。这是什么眼泪啊。我在怀念什么啊。他活着时我那么讨厌他。

我们刚开始恋爱的那几年，他酝酿过甜美温柔的气氛，用这种眼神黏腻腻地凝视过我，然而这种时期转瞬而逝。

每天我做晚饭时，他坐到厨房里，给我斟上葡萄酒，自己倒一杯威士忌，拈着芝士之类的佐酒菜，一起喝上一杯。他平时憋在工作间里不出来，只有这时，我们才能脸对脸说一会儿话。然而如果话说得太深，意见就会对立，发展成吵架，弄得晚饭气氛也不好。

真的，不知有多少次我盼着他早点死。如果对一件事的看法有分歧，他会全力驳倒对方，不驳倒对方绝不罢休，根本不管对方是妻子，是孩子，还是同事，他一定会用话语把对方逼到悬崖边。他就是这种男人。

他这么紧追不舍，非要把对方伤得体无完肤，图什么呀！我想不明白。如果教育孩子，应该引导孩子，让孩子有正面收获才对呀。如果对方是生活伴侣，就别弄得那么黑白分明，留些情分不好吗？他不仅嘴上不饶人，一旦闹起别扭来，就几个星期不理我，（叹气……）这期间的日子真不是人过的。

如果不是有孩子，我可能早就逃回日本了。实际上我多次想过带着孩子和狗逃跑。让《海牙公约》见鬼去吧。

要知道我可是一个主张"要活出自己来"的人，现在却以"如果不是有孩子"为借口，委委屈屈地过着不喜欢的生活，这叫什么事啊！我越想越不甘心，但身子还是动不了。这就是现实。我就是这样生活过来的。

几年前，夫的体力开始衰退，我们吵架次数变少。即使吵，他也不再咄咄逼人。他依赖我，似乎压上了全身的重量，最后几个月攀附在我这根救命绳上活着，然后死了，从我身边消失了。

我现在自由了。真的自由了。没有吵架，没有争论，想什么时候吃饭睡觉，想什么时候带狗出去放浪，都是我的自由。我带着狗，漫无目的地走，天黑了回到家，我对狗说话的声音，在房间里形成了空荡荡的回声。

过去他憋在工作间里不出来和他现在消失了，似乎没什么区别，实际上完全不一样。过去，我能感知到这座房子的深处有谁在等着我,现在这股气息消散了。

家里的空气沉寂下来,我发出的声响有了回声。房间配置、家具、墙上挂的画,都还是夫活着时的老样子。观叶植物枝叶繁茂,也没有变。原来在这里的一个人死了,消失了,植物不会察觉到的。站在厨房里的,只有我一个人。

站在窗边向外看。向外看的,也只有我一个人。

尽管如此,仍要活下去

最近,吃饭这件事变得超级没意思。

三个月前,夫住院,不在家了,我去常去的商店买菜,购物车里除了牛奶就是鸡蛋,让我想了很多。

我过去去商店,看着便宜又好吃的东西、没吃过想尝尝的东西以及我不喜欢但哪个家人特别爱吃的东西,会一边琢磨怎么烹饪,一边把购物车堆得像小山一样高,兴冲冲地买回家,这种情景,在我今后的人生里再也不会出现了。我买下无数食材,花好几个小时做成菜肴,这种事再也不会有了。想到这里,我掉了眼泪。

嗯,只是感伤而已。

就和从前小女儿小留不再练习钢琴,钢琴盖子"啪嗒"

一声合上，我对承载了三个女儿少女时代的钢琴萌生出的感伤很相近。

我在这里生活了二十几年。有一个丈夫，三个女儿。他们都很能吃。我每天做饭喂养了他们，一道主菜或者是肉，或者是鱼，配上米饭、面条、面包或土豆，再加上两三道蔬菜。

这边的交际方式是邀请朋友来家里吃晚餐，夫很喜欢邀请朋友。所以我有时要做十人份、十二人份的饭。

家人人数不断变化。来了六年后，一个女儿离开家。过了两年，另一个女儿也离开了，几年后回来了，再离开再回来，过了阵子又搬了出去。这之后很快，三年前，最小的孩子单飞了。家里剩了我和夫两个人。家里虽然有狗，但我说的是人。

剩下我们俩，我依旧做四五人份的饭。一不留神就做了这么多。最近一年来，胃口始终很好的夫，食量一下子变小，餐桌气氛清冷，对话也少了……这种时候我总是做不好菜。有一次我小声嘟囔，最近做饭手艺不行了，夫点头同意："确实不好吃了。"气得我够呛。然后夫住院，离开了家。

啊，吃饭这件事，不仅仅是饱腹，更维持了人与人的羁绊和亲情。在佛教里就是缘。

现在我天天吃同样的东西。燕麦片。牛奶。鸡蛋。香蕉。蓝莓。杏仁。牛油果。中午、晚上吃得和早饭一样简单清淡。我喜欢牛奶，会大口喝。

有时候觉得总这样也不行，都不像个人了，就又添了西蓝花和黄瓜，这是河童妖怪爱吃的，还是不像人饭。原来我非常喜欢的白菜和菠菜，现在嫌麻烦不买了。

除了饱腹的食物外，还有些是安慰性的食物。啤酒，葡萄酒，薯片，巧克力，羊羹。

我年轻时得过进食障碍，一直有病根，薯片和巧克力之类的只要打开，不一口气吃完绝不甘休。现在不会了，慢条斯理地一次吃一点。更年期结束后，这方面真的心态平和。但也只有这方面称得上平和，生活中的其他方面，可谓萧索。

现在如果开火煮什么东西，顶多煮煮西蓝花，做蛋包饭，或煮几个鸡蛋。

鸡蛋的众多吃法里，我最喜欢生鸡蛋盖饭。现在冷冻米饭告罄，我懒得做米饭，好久没吃了。

对了，还有鸡肉。鸡胸肉。一次烤很多，分成小份冷冻。狗喜欢吃。喂狗的同时，我也吃。最近我经常感慨，一餐饭要与他人共进，在这个前提下，我们才精心烹饪。

现在我吃饭时像个强盗，站在厨房里吃，或端到书桌前一边工作一边吃。两分钟就能吞完。

狗有专门的餐具和固定吃饭地点，要等我说"等着"和"可以了"，礼仪端正。

沙罗子看到我这样子，就说："妈妈现在的吃法，就像在做流行的原始人减肥法。"

我问她这是什么。据说是一种减肥方式，模仿了旧石器时代人的饮食。

听上去很帅啊，我有点得意，就找了些资料。据说旧石器时代人吃草叶、植物根茎、水果、坚果和肉。不吃乳制品、谷物和豆类。不摄取砂糖、盐、油、酒精和咖啡。按这个标准看，我平时吃的不合格。薯片不行。巧克力、羊羹、牛奶、啤酒和葡萄酒都不行。

所以非常遗憾，我只是做派有点像旧石器时代人，实质并不一样。我的心已是新石器时代人。

其实最近几年我血糖高，医生让我少摄取碳水化合物。

也许我记住了医生的话，才有了现在的饮食结构。

管他什么旧石器不旧石器的。

别看我吃这些，根本没瘦。身体状况也没有变坏。看来卡路里和营养都到位了。

虽然我觉得这样子并不坏，但也感到，至今为止的人生是徒劳无功的。

过去我拼了命地去买菜，拼了命地买来蔬菜和鱼肉，拼了命地做成"汤""主菜""配菜""沙拉""面包""米饭"和"甜点"，盛在漂亮的盘子里，为菜肴选择搭配的饮品，在餐桌上摆得漂漂亮亮的。如此生活了几十年，我日日维持的价值观，究竟算什么啊。

写出来就清爽了

回了熊本。这是我在地震后的第二次归乡。震后两个月,机场伤痕累累,城市受灾严重。

地震一个月后,夫死后不久,我回了一次熊本。街头巷尾到处是残垣碎瓦,建筑墙壁上有着裂痕,熊本城天守阁屋脊两端的鸱尾掉了,美丽石墙崩塌得七零八落。

这次回去,看到建筑物外蒙了围挡布,里面或在施工修复,或在彻底推倒。大街上到处跑着混凝土车,多处道路禁止通行,拥堵严重,人们都很疲惫,开起车来脾气暴躁,无数台车乱闯红绿灯,强行变道,仿佛司机们都咬碎了牙,去他妈的别人。可能是六月暴雨的缘故,熊本城的石墙一片狼藉,崩塌得更严重了。

还好，我在熊本的房子损害不大。只是书落了满地，无处下脚；空调坏了；墙壁出现了裂纹，浴室瓷砖剥落了。不是很严重，也根本叫不到维修公司，邻居说维修公司忙着处理更严重的地方。所以我家就先这样吧，等几年后其他严重受灾者的家都修理完毕后再说。

我把这些话讲给朋友听，朋友们带着理解的表情听了，不过他们的房子的状态比我的更糟。有的人家处于半毁坏状态，有的人家墙塌了，地板凹陷，他们依旧在里面生活。再说熊本机场之类的公共设施，只要抬头，就能看到屋顶照明设备扭曲，天花板瘪进去一块……看着这些，我想，这种状态也是好的吧。七零八落，伤痕累累，凌乱肮脏，都不完美，都有欠缺，在这种状态里生活，也是可以的呀。

我带着这种想法，从熊本飞到大阪伊丹机场，坐巴士到了京都车站。真是不可思议，京都的建筑物上没有裂痕，道路平整，没有坑洼起伏和扭曲。京都城里有那么多古老的木质建筑，都安稳妥帖，没有崩塌，我感觉自己进入了奇幻之境。

啊，在我的脑中，熊本的灾后惨状已经成了常态。

现在我常去寂庵[1]。出版社为我和寂听[2]老师策划了一本对谈形式的书。我把策划扔到一边，请寂听老师指点了人生迷津。唉，其实我很擅长点拨别人的，但这次，唯独这次，我要向寂听老师请教人生。我毫无保留地倾吐了一切，仿佛喝了自白剂，把我至今从未告诉过别人的、从未在纸上写过的烦恼，都讲给了寂听老师。太多了，源源不断，讲也讲不完。

都是迄今为止我从未说出口的、没有写过的烦恼。这些烦恼在我心中凝成了硬结，成了一种原动力。

寂听老师以老僧之态，静静听我诉说，对我说：这些事，都不能写成书啊。话到酣处，老师拿出葡萄酒，她摇晃酒杯的手势别提多帅——令人憧憬的帅气，"我长大了也想用这种手势摇晃酒杯"式的。老师靠坐在椅子上，深深注视着我的眼睛，侧耳倾听我的声音。她不插言感想和意见，只无言倾听。有时夸我这里很天真那里很诚实。真的很神奇，我郁结了那么久的烦恼听上去都成了名正言顺的、理所当然的人生所思。顿时，我感觉自己大步走在人生大道的正中

---

[1] 位于京都市右京区。濑户内寂听开设的寺院。
[2] 濑户内寂听（1922—2021），作家，天台宗尼僧。

间，无牵无挂，一身轻松。

老师说："你要写小说。"这是老师的秘计。在前几期的《妇人公论》杂志上，她对小保方[1]也是这么说的。

如此说来，前篇、前前篇、前前前篇[2]，我写了夫的临终和死去。我没有其他可写，也只想写这个主题。我写了无数，源源不绝地写了无数。不仅发表在《妇人公论》上，同题材我翻来覆去地写（都是"夫的死去"这唯一一个主题），其中一篇发表在文学杂志《文学界》上。《文学界》的这篇与其说是随笔，不如说接近诗和小说。写完后，我发现眼前的路一下子通了，我走出来了。

我朝着哪个方向走的，怎么走的，才走了出来，我也想不明白。不过如此说来，父亲去世时也是这样。我通过写《父亲这一生》[3]走出了父亲之死，通过写《拉尼娜》[4]走出了离婚。

---

1 小保方晴子（1983—），原理化学研究所研究员，于2014年爆出万能细胞的学术造假丑闻，被早稻田大学取消博士学位，后于2014年年底辞职。2016年5月的《妇人公论》杂志刊载了小保方晴子和濑户内寂听的对谈。
2 本书原本是发表在《妇人公论》杂志上的连载。
3 《父の生きる》，光文社2014年1月出版。
4 《ラニーニャ》，新潮社1999年9月出版，获野间文艺新人奖，获第121次芥川龙之介文学奖提名。

夫死后我意志消沉了一段时间。女儿们不时打电话过来。上一次我在电话里告诉女儿："我已经好了，写出来就清爽了。"女儿说："妈妈，你总是这样，通过写作向前进。"

哦？被你们看透了呀！

女儿说得对。我挺起胸膛。

寂听老师说的就是这个道理吧。我睁圆了眼睛。

/ 微胖妇女在咔嚓咔嚓山上该穿什么 /

夫不在了，我因为心力交瘁、旧石器时代减肥饮食和带狗散步而顺顺利利地瘦了吗？没有。很可能我已到了轻易瘦不下去的年龄。更年期时我深切地明白了这个道理，最近更是连连点头。

今年八十三岁的姨母和比她大八岁已经死去的我的母亲，她们两人年轻时，经常笑着互相嘲讽："哎呀，你又胖了吧？""什么呀，姐姐你才胖了呢。"在小时候的我看来，这种场面很恐怖。忘了是什么时候，我发牢骚说自己瘦不下去，姨母告诉我："等到了八十岁，所有人都会瘦。"这句话我始终忘不掉。

前一阵子寂听老师也说："年轻时（指我现在这个年龄）

还是胖乎乎的好，看我现在都瘦成什么了。"寂听老师这句话我也忘不掉。

我在加利福尼亚时晒得很黑，浑身尘土，粘着狗毛，一副下地干农活的打扮。所以我想在这儿说实话：每当第二天要坐飞机回日本时，前一夜我都要花几个小时在镜子前烦恼回去穿什么。我无法想象，我以现在这个样子坐东京地铁去六本木和涩谷，走在其他日本女子当中，与她们交谈。所以我每次都焦头烂额，不知该穿什么。

日本女人都又白又瘦，用心做着防晒，穿着很贵的衣服。在这样的气氛中，我一个老阿姨，浑身上下土里土气，手脚笨拙地蹭过去，哪儿有脸自我介绍说我是伊藤比吕美呢。

一直都是这样。我为穿不出自己的个性而烦恼。不过，这两年轻松多了。因为我全程都是同一种打扮。

究竟是哪一种打扮呢？（清清嗓子）那就是黑色T恤衫和黑色牛仔裤。

T恤衫是True Religion（真实信仰）的，一个面向年轻人的牌子，上面带着牌子商标，是一个平假名写成的"ひ"，就是比吕美ひろみ的"ひ"。第一次看到时我很吃惊，买来穿了，感觉太适合我了，就像我的私人品牌。那之后每次要去东京时，我都去家附近的奥特莱斯，同一款T恤买好几件，到了日本轮番穿。我问过店员这个"ひ"是什么意思，没人知道。我告诉他们"这个啊，是我名字的日文打头字母"，店员们都一脸"上帝！"的表情。总而言之，我只穿这一种。

牛仔裤是黑色的细身款，虽然被我穿上身后"细身"之名荡然无存。不过，自从不再穿牛仔喇叭裤后，我只穿此色此款，没换过其他的。现在胖了，习惯没改。

其实，我这是在模仿谷川俊太郎[1]先生牛仔裤加T恤衫的打扮。谷川先生的T恤衫总是很讲究的限定款，用图案向活动组织者表示敬意（我和谷川先生见面，一般都是在应邀参加活动时）。他还穿过一阵子MBT弧形底鞋。我连鞋也模仿了。我的鞋比正牌便宜一万日元，是韩国制造的通用款。

固定衣着太轻松了。去日本前我去True Religion的店买几件T恤衫就完事了，有了它们，我就有了"战衣"。

1　谷川俊太郎(1931—)，诗人，翻译家。

发型是十几年没变过的蓬松细密长鬈发，主打"山姥妖"的意象。去年我因为六十肩抬不起胳膊，跳尊巴时绑不了辫子，嫌热就把头发剪到齐肩长，没想到感觉非常轻松，后来就没再留长。毕竟，挑三拣四，认为我披散长发才好、不剪短才好、下酒菜要烤鱿鱼[1]才好的夫，已经不在了。

我的肩背包，是帆布环保包。包上写着"在全球大展宏图的伊藤制作所"。我出过一本书，名为《伊藤不高兴制作所》。包上的"伊藤制作所"是真实存在的T恤衫厂家名称。

我以这副打扮出现在别人面前，别人都会瞠目："你真年轻。"不过我看自己的照片都要心里哆嗦。我和谷川先生太不一样了，根本营造不出那种清劲的气质，看着都不像在扮嫩，而是明显有种"浑不论"的感觉，显得不清爽，很寒酸。看来，老太太不能模仿老爷爷的衣着，太不伦不类。

也许诸位读者姐姐不熟悉，我这边经常能看到一种光景，一群人结伙骑着哈雷摩托在高速公路上呼啸而过，就跟电影 *Easy Rider*（《逍遥骑士》，1969）似的，仿佛停留在那个年代没有走出来。男人们都发胖了，用胡子掩藏了脸，

---

[1] 1979年日本女歌手八代亚纪演唱的《船歌》中有"酒要微温才好，下酒菜要烤鱿鱼才好，女人要沉默无言才好，灯光要昏黄才好"的歌词。

谢顶后所剩无几的头发迎风招展，活似落魄武士。他们屁股后面载着的女人一身二十世纪七十年代的流行打扮，也都又老又胖。

我可能就是这种感觉的。

就像漫画杂志与读者一起变老，同一座公寓的居民携手变得高龄化一样，我们也紧握着年轻时的流行金曲、笑话和文化，与同龄人并肩走向年迈……不过，我写到这里，似乎能听见同龄友人的声音：哼，只有你啦，还穿着这种过时的衣服。

汉尼拔和夫

这阵子我只要有时间,就用电脑看电视连续剧《汉尼拔》。这个剧集讲的是电影《沉默的羔羊》、《红龙》和《汉尼拔》的主角莱克特博士的故事。麦斯·米科尔森饰演博士,一个年轻英俊男饰演FBI(美国联邦调查局)特别调查顾问。这个年轻男被博士玩弄于股掌之上,日渐憔悴,别提多可怜了。虽然每集都有猎奇杀人案,不过故事的核心是博士和年轻男的关系,故事虽然猎奇,但并不恐怖。电视剧每集时间有限,一季下来,远远长过电影,所以心理描写非常细致,有些场景是固定套路,看起来不费脑。

我的前半生与电视机无缘,没想到现在竟然迷上了电视剧。

数年前,夫在很多人的推荐下开始看电视剧了,那时正好 Netflix 之类的影视网站开始普及,上面能找到很多优质电视剧的全季。每天晚上,夫都钻在工作间用电脑看古今东西的电视剧。他邀请我一起看,我没兴趣。

话题进展太快了,让我从头说起。

过去,女儿们还住在家里时,我们一起看过电影,还从 DVD 租赁店借过 DVD,可是女儿们渐渐开始个人行动,总说要做作业,或者说不想看。女儿大了,在所难免。最后剩了我和夫,我更不想和他一起看。

因为我们看不到一起去。我有时觉得"啊,这个帅哥挺不错的",很想看帅哥的其他电影,夫对我这种爱好完全不感兴趣。他喜欢上来就互相乱打的宇宙冒险剧,只看这种。我讨厌看乱打,更不喜欢惊险刺激,这种镜头一出现,我就躲进厕所,等角色死透,或者死里逃生之后,再从厕所出来。

还有,夫只要开始看,就会全神贯注。谁要是找他说话,他会露骨地不高兴。我和他不一样,家里又不是电影院,为什么不能说话,我喜欢边看边嘀咕"好吓人""太好了,得救了"之类的话。

就算我有没看明白的地方，夫也全神贯注盯着屏幕，根本不给我解说。毕竟我是日本人，我们在美国看的电影没有日语字幕，别看我在这里生活多年，电影台词还是听不太懂。所以 DVD 和影视网站上那种为听力障碍者准备的字幕救了我。字幕里有些单词我看不懂，读速跟不上，也比没有强多了。

但是！

自从加入 Netflix 后，可以用电脑看了，看电影的方式发生了变化。电影的属性发生了变化，不再是家庭成员共同的娱乐，而变成单独的个人行为。唉……我松了一口气。我和夫不再有性事后，我也感到了同样的轻松。

我开始一个人看电影。夫曾邀请我一起看，而且瞄准我交完稿的时机，问我"Do you want to watch a movie？（你想看电影吗？）"。这句话的语气，绝非"要不要和我一起看"，更有点强迫感。我们在初学英语时，就知道"want"是"想"和"希望"的意思，不过如果我被问到"Do you want"，我想立刻回答："No, I do not.（不，我不想。）"

每当夫这么问我时，我都态度暧昧地拒绝他，"今天没有心情"或者"还有稿子要写"。总这么推托，我有点搞不懂自己究竟在拒绝什么。

性的不协调会从根本上摧毁夫妻关系,我从自身经验和读者来信中明白了这个道理。这么说来,看电影也差不多……虽然我这么想过,但是不喜欢的电影就是不想看。现在我也说不清,为什么那么抗拒和他一起看电影。我有种感觉,如果和他一起看了,我会看进去,有种东西会无声地崩塌,我就不再是我了。这事挺好笑的吧,不过是看个电影而已啊。

想一想,父亲在世时也一样。父亲总希望我和他一起看电视。父亲死后我才后悔,要是多陪他看看电视就好了。但是当时,我就是不行。衰老垂危的父亲散发出一种无为等死的、负面的、阴暗涡旋似的气氛,我竭尽全力想与之抗拒。

而现在,我只要有时间,就见缝插针地看《汉尼拔》。

我盯着字幕,遇到不懂的词,按暂停查词典。有时甚至每隔两秒就暂停一下。不像在看剧,更像在读剧。要是夫还活着,我肯定没法这么看。现在我看得这么随心所欲,既如释重负,也很后悔,当时多陪夫看看电影就好了。无论那里有什么涡旋要吞掉我,我总归还活着,不会死。当时为什么而倔呢,想一想真的很难为情。

第一次两代人同居

夫把房子留给了我,虽然是好事,但未还清的房贷也落到了我肩上。以前,房贷、水电煤气费、餐饮费、房子修理费、养车钱我们各付一半,现在骤然变成我一个人负担,更不要说我们不是法律上的正式夫妻,所以他的年金收入也没有了。

他好心好意给我留下的房子,想卖也卖不出去。半个家里堆放着夫的作品,所有墙上都挂着他的画。夫是个相当有名的艺术家,作品要价相当高,但轻易卖不出去。我曾提议是不是降价会好卖一些,夫干脆地摇头说不可能的。

我是个小诗人,各付一半时就很吃力,现在让我去哪儿挣钱啊。正当我走投无路时,住在附近的沙罗子和伴侣搬了过来，住进二楼，每月交给我的房租刚好还房贷。看来天无绝人之路，于是我第一次过上了两代人同居的生活。

解释一下我家房间的配置。加利福尼亚的房子一般都很大。一层有厨房、起居室和客房，最里面是夫的工作间。中间有三个小房间，原来是大女儿的房间、二女儿的房间和我的工作间……很早以前，大女儿的房间被改造成作品仓库，二女儿的房间成了储物室。二楼是我和夫的卧室、小女儿的房间，还有一个大空间，从前我们一起在那儿看电影，后来也成了作品仓库。

夫的身体不能爬楼之后，我们把双人床搬到一层客房，让夫一个人睡在里面。我住进了二女儿沙罗子的房间，即储物室，暂时睡在她的单人床上。就是说这个家已是被大地震摇撼过的状态（让我一形容就很难听）。就这样沙罗子和伴侣住进来，又搬动了一些东西，扔了一些东西，不过没什么大变化，我正式在储物室住下来，和狗睡一张单人床。我现在的心愿就是有一张睡得下"人+狗+狗"的大床。

我一个人时很寂寞。哪些地方寂寞呢？我和狗散步回来，在厨房胡乱吃些称不上饭的东西（和狗一起吃烤鸡肉，剩下就是薯片什么的），吃完从厨房窗户向外眺望时特别寂寞。

沙罗子和伴侣搬进来后，我的生活没有大变化。能感觉到家里有了人的气息。外面停着车，我们共用厨房和起居室，冰箱里重新装满食物，能看到他们俩面对面吃晚餐，垃圾日时他们帮我倒垃圾，只要请他们帮忙，他们还帮我带狗散步，帮我搬重物。除此之外，我们没有更多来往。美国房子有多个卫生间和浴室，卫浴是分开的。

两人带来一只绿颊鹦哥小琵（以前是沙罗子的宠物，她离开家后由我照顾了一阵子，后来被她领走了），每当有人出入家门时，鹦哥都快活地发出"琵！琵！"的叫声。他们不管我的狗，我不管他们的小琵。两人从外面回来时，我的狗会高兴地迎上去，但不跟着他们上楼。

这正是我希望的两代人的关系。

说说我自己的经验吧。从前，我虽然没有和父母同居，不过形态接近，为此我遭受了挫折。

那是1989年到1990年。我还住在熊本的时候。前夫和我带着两个女儿（鹿乃子和沙罗子）去波兰华沙住了一年。就在这段时间里，我父母从东京搬到熊本，住到我家附近，一碗味噌汤端过来不会凉的距离，一心一意打算照顾外孙女。

我们回国后,孩子们进了附近的幼儿园,父亲每天去接,带着她们回家,给她们读绘本,母亲给她们做手工零食,我们只要晚上去接一下就好了。晚饭也不用自己做。我和前夫说,自己的爸爸妈妈用起来就是顺手,我省了力气。然而,这种生活逐渐变了味道。

我渐渐放下妻子的表情,露出女儿的脸。就算我和前夫早晚要离婚,命运已定,这种两代关系也多多少少加速了我们的分离。所以我对沙罗子讲,要冷淡态度优先,伴侣优先。沙罗子丝毫没有"母亲优先"的观念,她以美国式的清晰距离感把事情分得很清。与其说我们在两代人同居,不如说在合租。

以上说的是平静状态,接下来说一下我没想到的刺激,或者出乎意料的养眼喜悦吧。

这就是沙罗子的伴侣三十岁年轻男性的肉体美。

至今为止我家里都是女儿,没有男人。夫是个枯萎的老头。前夫最初当然很年轻,那时我也年轻,理所当然都有年轻的肉体。记得当初母亲为我们洗衣服时,总是美滋滋地说前夫的衣服啊好臭,好臭。

现在这个男人,三十岁,短发,薄薄一层胡子,一个正宗加利福尼亚年轻人,饮食健康,每天锻炼身体,肌肉强健,穿着跑步背心和短裤从二楼下来时身形美到闪亮。让我赞叹到想流鼻血。

第一次做脸和做按摩/

尊巴呢?大家经常问我。都因为我在《闭经记》里太热烈地说了尊巴。

好长时间没去跳了。最高潮时一星期去了十二次,后来变成了一星期有没有一次都不好说。夫需要人照看,我哪里顾得上跳尊巴。我每天带狗散步,运动量是够的。

最近又开始去了。缺席很久之后,大家再次见到我,都过来打招呼。"好久不见了,你还好吗?"有人问:"你丈夫还好吧?"我说:"他死了,所以我又能来跳尊巴了。"众人表示悼念。尊巴老师的丈夫两年前自杀了,舞友A的丈夫三年前病逝了,舞友B的丈夫正在抗癌,她们拥抱了我表示遗憾。这种战友感不坏。我们跟着轰鸣的音乐扭起腰身，跳得浑身大汗，结束后各自走开，没有人回头，就像无定的飘萍，随意聚散。

昨天，我去美容院做了脸。夫死后，友人C当面送给我做脸的礼券。

C和我的关系比尊巴舞友更近。能让我用英语敞开心胸谈自己的友人不多，夫死后，她是这种友人中的一个。她十年前去世的丈夫也是艺术家，那之后我们成了亲近的朋友，两家的狗也很亲近，现在我们每天一起带狗散步。

C丈夫去世后不久，她结交了新恋人。从那时起她开始去美容院做脸，也多次推荐我去做，我没兴趣。这次收到礼券我还觉得麻烦……因为我始终没去做，C干脆替我预约了时间。我……老实交代吧，有点害羞。尤其是在英语环境里，我像换了一个人似的害羞，不愿意接电话，不愿意和陌生人交谈，总有点畏缩不前。没办法。

我很不情愿地去了美容院。迎接我的美容师已经为C服务了十年，有种加利福尼亚式的爽朗。在一间几乎看不清脚下的昏暗房间里，我脱光，把身体交给她。她给我蒸了脸，涂了多层滑溜溜的东西，轻轻抚摸，使劲搓，用手指捏，给我做了肩颈按摩。我躺在那儿天马行空地胡思乱想，这种时间有点像坐禅。坐禅可不允许胡思乱想，看来还是不一样。也太舒服了吧。我迷迷糊糊地昏睡过去。"一波接一波的快感"可以用来形容性高潮，没想到做脸这么静稳的刺激也能带来一波接一波的晕眩，我很惊讶。如果真的有极乐之境，大概就是不停做脸的世界吧。只要我有钱，我想常来，可惜我没钱。就算有钱，也要派上其他用场，不舍得用在做脸上。这就是我的做脸感想。

按摩的话，我倒是一个月做一次。跳尊巴的健身房里除了各种健身设备外，还有可以做按摩和美容的SPA（疗养地）。

夫还活着时，有一天我的腰动不了了。不完全是因为照顾夫太劳累，更多是我一直坐着写稿，截稿日期带来的压力太大的缘故。腰僵痛得要命，我想起按摩。我不愿与陌生人交际，不太想去见按摩师，但腰背疼痛不能不解决，幸好尊巴老师也是一个按摩师，不是陌生人，替我打消了顾虑。按摩真的有效，太有效了，从那时起我把健身卡类型改成了每月包一次按摩的，每月请老师帮我做一次按摩，习惯了老师的性格和说话方式。

老师给我做按摩时，不戴手套。

要知道，这边的医护人员触摸病人时要戴一次性塑料手套，用完即扔。医院和康复机构皆是如此。我能理解做血液检查或内科诊断要戴手套。但把病人从轮椅扶到床上，押拽一下被单这么简单的事，他们也毫不犹豫地戴上手套，然后扔掉。虽然能理解，但我总感觉有些别扭。夫曾嘟囔说："这让我感觉自己很脏。"

按摩师触摸我时不戴手套。所以才这么有效吧。

夫死了两三天后，我长长地吐出一口气。那时我想到了按摩师的手。我平时因为内向，很不愿意与人来往，从来不主动，那天却果断地给健身房打了电话，预约了每月一次的免费项目之外的按摩。熟悉的按摩师要一个星期后才有时间，我没有退缩："谁都可以，只要能马上给我做。"

是的，陌生按摩师也没关系，只要她不戴手套，用她的肌肤耐心抚慰我的肌肤就够了。这就是按摩的功效所在。

肯尼思·布拉纳怒吼，夫也怒吼

不好意思，这次又是电视连续剧的话题。《汉尼拔》看腻了，我在看《维兰德》。

《汉尼拔》的主人公——麦斯·米科尔森饰演的莱克特博士是个好男人，太完美变态了，让人无从下口。与其相比，《维兰德》的主人公，肯尼思·布拉纳饰演的维兰德探长，人到中年，有点发胖，头发斑白，有糖尿病，工作狂，经常去老人院看望患了阿尔茨海默病的父亲，有已成年的女儿。角色设定让普通人很能共情。而且，维兰德有个小跟班，是汤姆·希德勒斯顿（快要尖叫）饰演的。

此剧改编自瑞典悬疑小说，别看都是英国演员在说英语，地点设定却是瑞典，人物是瑞典人名，出现的商店招牌和报纸上的文字都是瑞典语。剧中杀人案的动机则源于共通人性，不分国家，无所谓英国还是瑞典。

著名演员肯尼思·布拉纳的演技非常逼真，他有些下垂的阴沉脸偶尔露出笑容时，我的心随之融化，他悲伤时我也想哭。他的上嘴唇很薄，非常薄，隐藏在纷乱的胡须里，这让我特别在意。他只穿内衣时，能看出身材肥胖。

与麦斯·米科尔森时尚而锋利的男人味相比，肯尼思有种接近普通人日常生活的真实感。剧中的女性也一样，胖也无妨，身材不好、不化妆、带着真实的老态也没关系，都很真实。

但是过于真实也有烦人之处。维兰德是个普通中年男，性格暴躁，容易翻脸。莱克特博士不仅杀人，还吃人，简直是十恶不赦的大恶人，但和人说话时，声调始终平稳优雅。维兰德总在吼，一集至少吼三次。若是吼犯人也罢，他吼的基本上是同事。只要事情不如他所愿，他就烦恼不堪，开始大声吼对方。我太讨厌这个了。

我家的夫，就总用这种大嗓门吼人。夫嘴上说着"我绝对不动粗"，对自己的冷静和温和持有绝对自信。骗鬼呢。就算他没有打过人，但他用一场辩论把对手逼到墙角，用大嗓门咒骂对手，也已经是暴力。经历过无数次之后，我确信了，被他逼到墙角的人，内心感到的恐惧和受到暴力攻击时没有区别。夫经常用这种手段找碴和我吵架。

我们用英语交流，当然他占语言优势。更不要说，他一张利口非常擅长辩论，再加上男人的吼声声量大，气势足，有震慑力，而我英语能力弱，又是"算了不和他吵了"的爱逃跑的性格，当和他一对一作战时，心里真的发怵。我发出比他还大的声音，与他对着吼，几度被他逼上悬崖，真有一种濒危之感。

夫死的几个月前，不对，是几年前，他不怎么吼了，不和我吵架了。我以为他性格变得柔和了，还感叹日子终于好过了，实际上是他颤颤巍巍地在老去的台阶上踩空，没力气了。所以，现在我在《维兰德》的剧里，久违地听到了男人的吼人腔调。刚才也说了，这剧是瑞典背景，演员都是英国人。肯尼思·布拉纳以演莎士比亚戏剧而著名，用英式英语从肺腑里发出咒骂的吼声。夫也是英国人，伦敦人，无论在美国生活了多少年，依旧是英国口音。所以我看剧时下意识地起了反应。

从这一点来说，现在夫不在了，我浑身轻松。

也许夫心里没有恶意，他也许认为，吼人只是一种方式而已（维兰德可能也是这样），一种将自己的意见强加给对方的有效方式。但对我来说，只是意见稍有不合，就被吼被骂，我受不了。如果男人都是这种大嗓门，都要吼人骂人，那我想离他们远远的。

我小时候被父亲吼过，不是经常，只是偶尔做了什么，被吼过几次。那时我感到一种世界末日临近般的恐惧，强烈地感觉到自己做错了。我深爱父亲，少女时代像只狗一样紧紧跟随着父亲。我被母亲从小骂到大，我却一点都不怕她。想一想真是不可思议。

父亲死了。夫死了。没有人冲着我吼了。

现在的日子平静安稳。

再也不想经历第二次了。

浮云无定端

这阵子我早晨六点前起床出门。前段时间我因为倒时差，还要在截稿日期前赶稿，睡眠混乱，心里惦记着交稿时间，凌晨时分醒来再睡不着了。天色尚暗，我起床带着狗去公园，那里有广阔的草坪，我松开牵引绳，让狗自由奔跑。天色渐渐泛白，黑夜结束了，于是我回家。最近过的就是这种生活。

后来，在同一个时间，我遇到一个也在遛狗的男人。他也松开牵引绳，让狗自由奔跑。此人和我年龄相仿，我们打了招呼。后来有一天，我们站着说了一会儿话。第二天，他邀请我"一起散步吧"。

就是男女之间的所谓搭讪。

真麻烦。我连拒绝都觉得麻烦,所以跟他走了走,聊了些无关痛痒的事。特朗普,遛狗什么的。陌生人的英语我听得很费劲,我坦率地告诉他,他的话我没有完全听懂。这人有点怪,不时迸出妙语,我听得放声大笑。

他的狗是一只混着边牧血统的七岁杂种公狗,受过良好训练。他非常会驯狗,就连见了别的狗一定会吠的尼可也和他熟了,不会吠他。就连见别的狗总想逃跑的克莱默,也喜欢和他的狗玩。他的狗不乱叫,只围着克莱默转圈,还察觉到我衣兜里总是装着喂狗的芝士。它盯着我的衣兜,我命令它坐下,它就听话坐下,吃过我的芝士后,和我熟了。第二天再见面时,距离很远它就朝我跑过来,乖乖地坐下。

我和他第一次散步后,我怕他还邀请我,就错开时间去了公园。他还在那里,挥着手走过来,又和我散了二十分钟步。这次我没觉得麻烦,甚至感觉很不错。就这样,我们每天一起散步了。

他很有趣,是个倔强的单身汉,对社会和政治有很多话想说,现居加利福尼亚是事出有因,很快将返回东海岸。他说已经厌倦了加利福尼亚。他是个律师,自称不擅长挣钱。他说别看他遛狗时穿得邋遢(真的很邋遢),去法庭时

浮云无定端

还是会打领带的。我感觉他相当正直，太正直了所以会碰壁，很难活得顺风顺水。

有一天刚见面，他就说"你的白发很可爱"，我听了很高兴。还有一天，他说："你爱笑，和你在一起我很开心。"我听了很高兴。不过，他最初让我心生好感，是他说"昨天一整天，我也是独自一个人。这些日子，和你说话，是我唯一的和人类说话的机会了"。听得我心里一阵轻颤。

所以就是这样。和他见面成了我早起的一个盼头。晚上九点，我定好闹钟上床，为了早起，拼命逼自己睡觉。当然早晨遛狗时我不化妆，会洗个澡，吹吹头发，让花白的头发显得蓬松些。

我们一起散步了两个星期，对话时间总计十五个小时。然后，他离开加利福尼亚，去了遥远的其他州。他偶尔给我发邮件，我有时主动写。但我知道，我们不会见面了。六十岁后，遇见一个稍微让自己动心的男人，我没有迫不及待地扑上去，我为这样的自己而感动，同时也察觉到一件事，很恐怖，很寂寞。

沙罗子和伴侣住在楼上，我能感知到他们在；我有可以开怀畅谈的贴心好友；晚上经常有人邀请我参加派对。然而，我依旧是孤零零的一个人。我和楼上的沙罗子签订了互不侵犯条约，只有在碰面时才说话，我们很少碰面。

自从去年十一月克莱默来到我家，我带着它每天在外徜徉很久，就当自己是一个住在萧寂深山里的山地人（过去美国西部有这种山地人，他们毛发很重，穿着毛茸茸的毛皮衣，带着枪，牵着狗，走在山中，猎取动物毛皮，与印第安人有来往），做好了遇见熊和狼的准备，咬紧牙关，徜徉在公园里，徜徉在海滩上。这一年，我的人生非常艰难，遭遇了熊本地震，死了丈夫。我竭尽全力地走，脚步不停。然后一次偶然，我在这个公园里邂逅了另一个带着狗的山地人，我们的狗玩到了一起，我们谈到了一起。我们共同走了两个星期，讲了很多人类语言。然后，这个山地人消失了。

骤然，这座山上，不，这座公园里出现了空旷无尽的陌生荒野，只回荡着我一个人的声音。与从前相比，我变得更孤单了。

写给比我稍年长的女人们

我很不擅长针对社会问题发言。不是不擅长,应该说很厌恶。我受不了人与人的对立。因为我是三无主义者[1]。三无是哪三无来着?无气力,无兴趣,无农药?

我升高中那年,搞学生运动的那帮人毕业了。学校混乱不堪,处处狼藉,自由得要命。那时我很仰慕参加学生运动的人的价值观,但我不想和他们走上同一条路。因为我讨厌对立,也不喜欢写别人。我只能写我仔细观察过的事物,这就是我和我的家庭。所以我一直在写自己的家庭,写夫、

---

1 二十世纪七十年代的日本年轻人对国家政治冷感,不关心社会问题,被称为"冷感一代","无气力,无关心,无责任的三无主义者",即"打不起精神,不感兴趣,缺乏责任感"的一代人。

孩子、父母、离婚、育儿、照看老人，写我自己，以及我的身体。

现在年过六十岁，我依然在思考，想的还是我自己的事，并非社会问题。我书写自己的家庭，就是我的抗争手段。通过写这些，我和这个世界上的其他女性连到了一起。

我这么想着，前段时间，在东京做了一个和田中美津以及上野千鹤子的三人活动。这场活动真的很开心，虽然我一贯不写他人，但这次忍不住要写出来，因为太开心了。

这是一场田中美津女士的著作《拥有生命的女人们》的宣传活动。此书自1972年出版以来，被称为第二波女性主义运动的经典之作，初版以来多次再版，现在出了新版。

美津女士是针灸师，在日本也是二十世纪六十年代第二波女性运动的领路人。她非常厉害，我三十五岁时，在进食障碍的讲习班上结识了她，那时我右半身长了湿疹，去了很多医院都没治好，也不知道病名。美津女士给我做了针灸，我的湿疹立刻就好了。所以我后来经常做针灸，非常见效。美津女士的针灸虽然灵，但是超级疼，人称"尖叫针灸"。那时我年轻，体力好，忍得住疼，这些年来我和她没有联系。

写给比我稍年长的女人们

我和上野老师相识，也是在三十五岁时。那时我因为抑郁满身疮痍，《太阳》杂志为我和上野老师安排了一个合作项目。上野老师出女性主义的主题，我根据主题写诗，上野老师写解说。我们合作出版了一本名为《巫女和审神者》[1]的书。上野女士写的主题文章开始几篇我认真读了，后来没再读就直接写了诗，是不是有点敷衍？不过当时，我把能呈现给别人的全部的自己，都倾注进了这些诗里。我呈现的对手，就是上野老师。这就足够了，我用尽全力与她同场角逐过了。

我们三人是第一次共同参加活动，我年龄最小，是三无主义者，诗人，随意马虎，性格软弱。我很喜欢、很信任她们两位，在她们面前大大咧咧，说话不用敬语，我没认真看过她们的书（吐舌头），也能随便发言。我们自由地畅谈了一场，引发听众大笑。我说到"夫在死之前，说到安乐死，我很不愿意"时，上野老师追问"为什么"。我在她的凝视下思考了这个问题。上野老师替我总结说："你觉得生命是他自己的，你无法干涉，所以拒绝了，对吧。"听她这

---

[1] 《のろとさにわ》，平凡社，1991年12月出版。

么一说，我眼前的云雾瞬间消散了，简直有些可怕，这就是上野老师。

宣传活动结束后，上野老师要去参加性器官艺术家五十岚惠的一个活动，我跟着去了。在休息室里，上野老师拿出米果零食，还给我买了茶水，我们三人闲聊了一会儿，聊得非常开心。

回首看自己的来时路，路上死尸累累，但我走过来了。想必美津女士和上野老师也一样。现在我老了，在她们面前，我因为信任，所以能毫无顾忌地讲出自己经历过的男人、衰老和性，请她们倾听。这种愉悦感是其他事情无可比拟的。

因为年龄不同，我的女性主义观点不是从她们那里学到的。等我察觉时，我已经见到她们的真人了。她们两位的存在太强大有力，每当迷惘时，我都会把她们当作指南针。但我并不是从她们的书中受到影响，才有了现在的人生思考的。那么我受了谁的影响呢？那就是富冈多惠子[1]。最开始我读了富冈女士写的诗，后来读了她的所有著作。她的名

---

1 富冈多惠子（1935—2023），诗人，小说家，评论家。

作《藤衣麻衾》就是在《妇人公论》杂志连载的。也许有些读者读过。富冈女士的女性主义是冷漠旁观的女性主义，她的那篇《所谓育儿，就是在孩子独自觅食之前给予保护并教给他如何捕食》，我看完后很吃惊，也很感动，从未想过有些话可以说得这么坦率。然而我自己育儿之后，发现和她写的不一样。我会修改为"所谓育儿，就是放手让孩子自己成长，无论他们选择了何种人生，只要活着就是胜利"。

生剥鬼[1]的喊声便是我的心声

如果有的读者正在照顾年迈老人，那么我接下来要写的会激怒你们。不过，这是我的坦率心声。

我好像有点怀恋护理别人的感觉，非常想再来一次。

过去我觉得，如果哪天不用照顾别人的生活起居了，我一定很寂寞。我知道夫等不及这本书全篇连载结束就会死去，所以想过，要不要把书名定为《寂寞》。但是我没想到自己竟然会这么想。

这几年来，我始终在忙于护理老年人。母亲从病倒到死去，四年半。母亲死后到父亲死去，三年。

---

1 带假面披蓑衣的神使，四处喊"有爱哭的孩子吗？有不听话的孩子吗？"，孩子父母将神使请进家中敬酒。一种民间习俗，流传于秋田县男鹿半岛一带。

那时我满脑子想的都是父亲怎么办和母亲怎么办。母亲在医院卧床不起，倒是不用担心，孤零零一个人在家的父亲让我放心不下。啊我得赶紧给父亲打个电话，啊我得赶紧回熊本照看父亲。每天我都想着这些事。然后父亲死了，我没想到父亲会死，但是在那一天，就在我的眼前，父亲就像在专门等我回来一样，看见我之后，便死去了。

我如释重负，以为结束了。未过多久，接下来是夫的老去。从我察觉到他衰老，到他走入衰老的下坡路，花了两年时间。从衰老到什么也做不了，又花了两年时间。我护理过父亲，已经习惯了护理的事，只是按部就班，默默地该做什么就做什么。我的护理生涯一共十一年半，我看到了衰老和死亡，送走了一个又一个的亲人。

在护理过程中，我疲于奔命。有些时候想过逃跑。当然，能逃的时候我都成功逃跑了，想玩的时候也玩了，自己的工作也没有落下。毕竟观察和记录护理生活就是我的工作。我无情地抛下了年迈的父亲，转身回了加利福尼亚。我无情地抛下夫，转身回了日本。

现在可以说，那些年我用尽了全力。那时我几乎每时每刻都在想，啊我得打电话，啊我得过去看看，啊他在叫我过去，啊我得赶快过去。事情前面都带着"啊"。我把父亲和夫安置在我世界的正中央，以他们为地基，重构了自己的生活。

当然，父亲在熊本独居时有护工帮忙照看，夫除了最后几个星期，其他时间在精神上还是清醒自立的，可能我只起了辅助棒的作用。即便如此，我的生活也是围绕他们而展开的。

夫的下半身渐渐不能动了，站不起来，走不了路，我就得替他想，哪些事他能做，哪些做不了。无论是去医院，还是去餐厅（最后那段日子，去餐厅实在太麻烦，便没有再去），我要先停车，拿出轮椅，让夫坐进去，把他推到安全的阴凉处，防止轮椅乱动，再跑着回去找车，开到停车场，再跑着回去找夫。这中间我心里一直在计算，以夫的体力，他能怎么动，能等我多久。后来他什么也做不了了，我来来回回跑得更多了。

现在我从护理生活中脱身，正在享受空荡荡的自由。已经习惯不做饭和不洗涤的生活。住在楼上的女儿夫妇，与其说是一家人，不如说像租客。我能感觉到他们的气息，不至于彻底孤独，但我们不怎么来往。所以我每天和狗生活在一起。我不擅长娇惯亲近狗，只是跟着它们，无言地在外面四处徜徉。我们一起见过凌晨天明，看过日落，穿越过凌乱荒凉的鼠尾草草丛。两只狗很满意这种生活，而我觉得欠缺了什么。

我还想再护理一次别人。

护理过程当然没那么幸福，但我在精神上是紧张而充实的，那种紧绷绷的劲，就像年轻人紧实而润泽的肌肤。现在这种生活结束了，我的心也仿佛我的肌肤，干了萎了，无精打采的。

现在觉得，我能看着一个男人衰老死去，这是件好事。

母亲死时，我作为女人，目送她上路，心里没有悲伤，只是感慨她这辈子活得勇敢，死得大方。然而男人们的死，除此之外还让我感觉到了其他的什么，像胜利走到了终点，像完成了一项任务，像填上了最后一块拼图。

父亲和夫的阴茎，我都看到了。都是在他们临死之前。我要辅助他们小便，不可能不看见不触摸。他们的阴茎那么弱小，带着生命的温乎，绵软而无力。我想，这就是阴茎真正的姿态吧。我见到并触摸到了男人的这种状态的阴茎，我与他们，才有了最真实的相交。

上次，我讲了自己遇见一个挺不错的男人。此男已经去了遥远的地方，不过我做过关于他的梦。梦见我们住在一起，携手生活。我这辈子没少做这种梦，有时梦成了真的。在这些梦中，我生了孩子，组建了家庭，梦中的我家充满欢快的笑声。我现在再做梦，梦见的都是我在照顾颤颤巍巍的老得不行的老头子。

　　有老人吗？有能让我护理的老人吗？我在心中发出了生剥鬼的叫喊。

旅行

我在做一个长旅行，在柏林的朋友家累得动不了了。昨天晚上，他们请我去看歌剧《托斯卡》，中间我睡着好几次。本来我那么喜欢歌剧，票又那么贵，中间打瞌睡实在很差劲。

这次只在柏林停留三天，没有安排工作，因为朋友患了癌症，我很担心，非常想见他们，所以在长旅途中安插了这几天的行程。见面后看到朋友气色很好，我松了一口气。

在柏林的第一天晚上，为了抚慰我的旅途疲惫，朋友给我做了美味的德国北方菜。透明的汤里，炖了土豆、豆角和大块火腿，里面放了洋梨以及大量香草。有点像关东煮，汤色透明，带着洋梨的淡淡清甜，非常好吃。

我先从加利福尼亚去了斯德哥尔摩，应邀参加那里的文学节。原本我想拒绝的，因为随后几日已经定好要在日本参加活动，但是文学节的人坚持邀请，所以我就去了，可以说是不得已，也可以说盛情难却。既然去了斯德哥尔摩，干脆顺便去一趟柏林好了，我想。没想到在奥斯陆的朋友也说，还可以顺便去他们那里做一场朗读会。基于这种安排，我想把机票买成从加利福尼亚飞斯德哥尔摩、斯德哥尔摩飞日本、日本飞加利福尼亚三个单程。但是这样买的话，机票特别贵。我不好意思请文学节的人替我付，自费又没道理，于是请文学节的人按照原定计划，替我负担了从加利福尼亚到斯德哥尔摩的往返机票，自己买了从斯德哥尔摩到东京的往返机票，以及欧洲内部的短程航班。这种安排产生的费用比三个单程机票加在一起还要便宜，只是非常耗费体力。

斯德哥尔摩之旅很开心。比我之前去其他地方都开心。其实一般说来，国际文学节这种东西并不轻松，因为语言不通，我没有读过其他国家作家的外语作品，而且我不认识他们。不过应邀参加文学节是作家和诗人的工作之一，如果有人邀请我去，我会很高兴。再说有人替我负担机票。所以至今为止，只要有邀请，我都会参加，然后在回程时想，唉，

旅行　113

这次又浪费了时间，还是在家里工作更好。但是这次不一样，遇到的人和事都很有趣，闲聊也聊出了深度。加上我的书刚刚出版了挪威语版，也许因为人们读了我的作品，也许因为我的英语有进步，也许因为我的性格比以前圆融了，才这么顺利。

斯德哥尔摩美得令人叹息，酒店面对静谧的海湾，太阳早早沉入对岸街市的彼端，满城树木遍染深黄，落叶铺满地面。欧洲秋天必能见到的马栗落得到处都是，我捡起几个放进衣兜。

我在酒店餐厅里吃到了非常美味的东西。是一些大块鳕鱼子，菜单上写着是熏过的，但很鲜嫩，也很咸，配着细香葱、莳萝和碎洋葱粒，用涂了酸奶油的北欧薄饼卷着吃。我喜欢吃鱼子，无论是辣的明太鳕鱼子，还是不辣的鳕鱼子，生的和烤的都喜欢。这次吃到这道菜，我甚至吃出了感动。

在东京的几天，每天都有演讲会和朗读会。之后我回了熊本，和熊本的伙伴主办了一年一次的活动，之后做了见面会谈。做了人生咨询。见到了各种人。去做了针灸。回到东京做了演讲，参加了现场活动，做了人生咨询，每天都在工作。见到了无数人。

我在一个黑皮包里放了笔记本电脑、护照、钥匙、钱包、眼镜、书、手账、笔、手机和iPod，走到哪里带到哪里。因为这次是长期旅行，要去北方的欧洲，所以用了一个大旅行箱，里面装着书，非常重，我有时拖着走，有时推着走。因为有时差，每天我睡三个小时就会醒来。醒来后便多半睡不着了，身体非常疲惫。但工作时我一直在见各种人，所以总是情绪饱满。人们都说我看上去元气满满。说从我身上获得了力量。

这辈子我就是这么过来的。寂听老师曾写过，有种病叫作元气满满，也许我患的就是这种病。

在东京时，我住在枝元菜穗美家。当我疲惫万分地回到枝元家时，同样疲惫不堪的枝元正在疲惫不堪地写她的菜谱，这是她的工作。我找来她为杂志和报纸做的菜的残余，她马上停下手上的工作，飞快地给我做出好吃的。她最近迷上一种用腌白菜做的汤，有时也用京都酸茎腌菜，吃起来很酸，咸咸的，很家常，热腾腾的。

枝元也经常出差。那一天，我清早从她家出来，要去柏林，她在车上装满食材和厨具，带上助手，开车去了什么地方。

枝元和我一起做出门的准备时说,这种生活很适合我。周围很多人看到我旅程繁忙,都很担心。对我说,不要跑来跑去了吧,身体会垮的,旅行不会干扰工作吗?

唯独枝元却说:"我也超级忙,但趁着还能干,总想尽量多接工作。没办法。趁还活着,只有活下去。"

现实

我原本打算，只要夫一死，第二天我就回日本。要回就回熊本。那里有房子，有朋友。我可以住在家里，像三十年前那样不时从熊本去一下东京，等老了不能开车了，就搬到东京，比如搬到枝元家附近。但是在加利福尼亚生活久了，我渐渐不知道该怎么办了。

三个女儿都在美国扎了根。我知道，我在人生的最后会和父母一样，身体这里不能动，那里不自由，煎熬着活到死的那一天。那时，如果女儿们都不在身边，会是一种什么感觉呢？父亲就是这么死去的，父亲能做到，我也能做到（父亲的晚年过得非常寂寞，非常无聊。我有时觉得，我有义务变成父亲这样，不然对不起他）。不过真到了那时，女儿们会经常来日本看我吧。护理的过程会非常辛苦，经济压力大，光时差就倒不过来。届时正值中年的鹿乃子、沙罗子和小留跨越太平洋，穿梭于美日之间，会一肚子痛苦抱怨，说这一切犹如泥沼。一想到这情景，我就不寒而栗。

虽然我和她们讲过很多遍，事情已经和从前不一样了，她们不必学我当年那样做，只要心里惦记着远方的我，就尽到心了。但是我来往于美日之间照顾父亲的样子，女儿们都看在眼里，她们到时候一定会想，轮到她们了。这让我心里很难受。

那么话说回来，我一直在加利福尼亚住到老死吗？未免也太寂寞了。也就是这几年能离开日本的日常风景、离开日语的环境、离开日本的朋友在这边生活吧。

夫衰弱到快不行的时候，我回日本的念头渐渐变淡。也许因为夫之将死已是非常清晰的事实，我能在当下的日本活下去吗？能适应那种气氛吗？不会感到窒息吗？无论怎么想，我都觉得我做不到。现在之所以能在日本的压抑气氛里待下去，是因为我知道还有加利福尼亚这条后路。如果彻底在日本定居，没有其他地方可以回去，估计不超过五分钟我就会窒息而死。

夫死之后，我一点都不想动，不想改变现状，就这么继续在加利福尼亚住着，坐在同一张椅子上，对着同一台电脑工作，在同一时间里带狗去同一地方散步，每天看着夕阳沉落，在自己的床上睡觉，这样就很好。所以我现在还住在加利福尼亚，每两个月去日本兴奋地折腾一趟，其余时间，就在加利福尼亚家里从早到晚工作。这种生活挺好的，效率很高。

我终于过上了一直梦想的专业诗人的生活。从前的几十年里，我是母亲，是妻子，是主妇，诗人只是兼职。家人们都以为只要呼唤我一声，我就会随叫随到。你们当我是面包超人啊，我不满地抱怨，照样随叫随到。这边的社交文化，基本上是互相邀请去家里吃晚餐。夫是老派欧洲人，非常喜欢邀请人过来。不用说，去买菜的是我，做饭的也是我。我要做八人份或者十人份的美食，客人离开后，收拾洗涮的还是我。夫自腿脚不方便以来，什么忙也帮不上。全部收拾完毕，已经深夜两点。我像小公主莎拉[1]一样疲惫不堪地爬上楼，沮丧地想着，要是把这些时间用在自己的工作上

---

[1] 美国作家弗朗西丝·霍奇森·伯内特所著的小说《小公主》的主人公。

该有多好。

夫衰老体弱之后，我带着他去遍了这家医院那家医院，犹如巡礼中的苦行僧。这些也花去了无数时间……

现在，我再也没有做这些事的人情和义务了，不必为谁做家务，不必照顾谁，可以整天工作。工作进展得极其顺利，太顺利了，顺利得有些空虚。

夫还没有衰老得动不了的时候，有一次，我从日本回到加利福尼亚，因为时差睡不着，深夜从床上起来，去工作间干活。夫非常生气，从卧室出来，冲我怒吼："你把夫妻生活当成什么了！你就那么不愿意和我躺在同一张床上吗？你这么做，怎么维持夫妻和睦！"没办法，我躺回床上，睡不着，只有睁着眼睛冲着黑暗发愣。我说我因为时差睡不着，可是他不听。多么不讲理。因为时差，我傍晚时困得想睡觉，他却叫醒我，理由是"晚上又会睡不着了"。太痛苦了，那时我感觉自己就像一个被拉出泥沼的垃圾，浑身缠绕着理不清的水藻。

我来往于美日之间照看父亲的时候，总是不在家，总是因为时差而睡眠时间不规律，夫为此心里蓄积了很多不满。

现在这些都消失了。我能一身轻松地回日本了。时差就时差吧，想睡的时候就睡，醒来想工作了，工作多长时间都随我意。太顺利了，太舒畅了，这才是我想要的生活。

但总觉得不真实。

就像我正在做一项和几百年前的人通信的工作一样不真实。（对的，这阵子我在把古典作品翻译成现代语，有时也在思考森鸥外和夏目漱石的事。）

我经常看网络新闻，经常从网上买漫画和电子书来看，但觉得一切都那么虚浮不真。

一天生活下来，我会想很多事。在过去，我会把这些想法有一搭没一搭地说给夫听，说着说着就对夫的说话口气不满意，发展成一场吵架，败坏心情。现在夫不在了，我就算看了新闻，出去散步时想了很多事，这些都是真实的吗？没有人为我做证。

想扔／

家里很脏。

唉,我不介意狗味,也不介意狗从外面带回来一身泥和沙。晚上尼可在我枕边蜷成一团睡觉,克莱默睡在我身上。蝴蝶犬还好,大家可以试试和德国狼狗睡同一张床。狗其实不脏,只是被子和被单不知从何时起变得泥污污的了。

就算我已经习惯,有时也觉得狗味太重。我当然不会让客人进卧室,我的车有时要载客人,他们经常对我说,车里有狗味,最好铺上狗专用的垫子。我的工作间也是同样的状态,脚边就是克莱默的笼子,里面是用瘪了的狗用棉垫,这个的狗味特别重。尼可专用的垫子摆在四处,它是只任性的小狗,睡觉地方不固定。一到掉毛的季节,家里到处是狗毛。

我要再说一遍，我不介意狗毛和狗味。要是没了这些，我就不是我了。我觉得脏，是因为人的东西太多，也是因为我生来不会收拾。

我带着孩子搬进来的时候，夫曾频繁表示不满，觉得家里所有平展的地方都堆满了东西，他以为只有我才这样，没想到年幼的日本人也都一样。他问，难道这是日本人的特性吗？

事实确实如他所说。毕竟这里本来是他的家，我是中途搬进来的，还带来了孩子。我们的状态就如古歌描写的，"牵牛花蔓延到井户吊瓶上，爱花之人不舍得扯断，只好绕远去别处取水"。其实我都懂的，明白在这种状态下，他不能过他想要的生活，心情肯定很憋屈。

但无论他说多少遍，我就是改不了。我理解不了什么是乱，觉得平展的地方就应该重叠摆上各种东西，理所当然。我是在这种文化里长大的。

我来解释一下，请大家听好了。正在读这篇文章的读者可能没有感觉，大家和我一样，身上都带着"杂乱菌"。

请回忆一下日本式的家。你家也好，你妈妈家、祖母

想扔

家都可以。

衣柜和橱柜，电视，饭桌，差不多都有吧？饭桌上乱七八糟地放着茶壶茶杯、报纸、超市特卖宣传单和药，有时各种东西叠放在一起。过去的箱型电视机上面，摆着博多人偶和北海道的木头熊[1]、韩国的特色礼物、当年的干支动物，以及其他零七碎八。柜子上摞着很多点心空盒，里面塞满了小东西。这就是日本人家的普通场景。

那么西洋人家里是什么样子呢？现在日本也有宜家，他们的家就是宜家那样的。东西都收纳起来，不放在表面上，这一条是最基本的。表面要摆设一些希望别人看到的东西，比如照片和其他一些装饰。不像日本人总是"暂时放一下，随便放一下，最后就长在那儿了"。这种"随便放一下"就是"杂乱菌"的滋生源。

说实话，在其他出生在日本、生活在国外的日本女人家里，我能感觉到那里也有"杂乱菌"。无论她们和哪国人住在一起，无论房子看上去多么西洋，日本女人打理的家，感觉都有种相似的乱七八糟。这就像日本人说的英语都带日

---

1 都是有代表性的旅游纪念品。

本口音一样，想躲也躲不开。所以我用这条理由毫不示弱地告诉夫，"这就是日本文化，你有意见?!"。

我虽然强词夺理，但终归是诚恳的，我努力让客厅、卧室和厨房保持简洁状态，但无论怎么用心，还是会慢慢变乱，我留意着夫的视线，定期整理一下。

现在夫死了，盯着我收拾家的视线消失了，不用再去考虑他的感受，所以我不再定期收拾。那么结果如何呢，结果就是东西一点一点地增加，放得到处都是。

不久后沙罗子搬到楼上，她的伴侣是普通美国人，按说是在整齐干净的环境下长大的。可是，他的态度非常柔软随和，而且正和沙罗子热恋，他坦然接受了沙罗子身上沾染着的几代几十代日本人的"杂乱菌"，生活得心平气和，没有意见。和我夫非常不一样。其结果就是，他们两人的空间乱七八糟，我们共用的厨房更是充斥着大量东西。这些东西山、东西海，无论怎么想，都不可能是我一个人的。

终于，我从心底发出呐喊。

想扔东西。想扔想扔想扔想扔。啊！想扔！

想扔东西的观念，多少有点宗教的味道，最近这种日本中年女性的精神世界席卷了美国。舍，断，离。过去我不仅扔不了东西,还长久地羁绊于感情和缘分,认为"舍不得扔才是浮世常情"。不过现在,我想扔掉,扔掉,扔掉。奋不顾身地扔掉。快刀斩乱麻。也许因为在我的生活里,那种必须保留不可扔的东西,已经没有了。

写给孩子们的信

夫死后不久,我把自己的工作间移到了夫生前使用的房间。那里远比我的工作间宽敞。电源插座多,光线好。有空调和暖气。我不在这儿睡觉,所以这里没有散乱的衣服袜子,只有依照房间定制的大书桌和大书架。更重要的是,夫有收拾的习惯,书桌看得见桌面,地面看得见地板。

仔细想想,二十年前我来到这里,像一只野猫住进来就不走了。没有完全称得上"我自己的"房间,我在夫和女儿们用剩下的地方安置了书桌,凑合着用,不知不觉间被增生的衣服和书困住了手脚。因为不打扫,房间里积着灰尘。因为养着狗,到处是狗毛。书和资料从地板堆到天花板,不是人的生活状态。而现在,我占领了夫的工作间,驱逐了夫的东西,终于堂堂正正地有了自己专用的工作场所……不过话虽这么说,我忙着赶稿,只挪动了目前要用的书。其他的原封未动。现在我的老地方、新地方,都没有收拾清爽,处于不上不下、乱七八糟的状态。

新年时,鹿乃子一家过来了,带来了四岁的和两岁的孙辈。这么大是最可爱的时候,大家一定以为,外婆我和他们玩得不亦乐乎吧?没有。我不擅长和小孩玩。再说了,鹿乃子有她自己的育儿规则,若尊重她的意见,我很难和孩子玩到一起。四岁的孩子就和鹿乃子小时候一样,喜欢在家里玩,更和我玩不到一起了。我想起过去鹿乃子小时候,我也为不知道怎么陪她玩而烦恼过。现在我的腰和腿都不好,抱不动孩子,所以没办法,干脆躲进工作间做了扫除,整理了书。

搬动书架,擦掉灰尘,扔了不要的书,将需要的书摆整齐,仿佛在做考古发掘。也真的发掘出了很多东西。

发掘出一捆旧信,是我写给孩子们的。我从来不保留男人给我写的信。夫的信,我的信,都不保存。但是孩子们写给我的信,我写给孩子们的信,却舍不得扔。

小女儿小留出生于加利福尼亚。她出生后的一年半里,我们还没有搬进现在的房子。我抱着婴儿小留,就像现在这样往返于美国和日本,无数次横跨了太平洋。这期间,我把上面两个女儿暂时交给前夫照看(那时已和前夫离婚很久,但我们仍然住在一起)。鹿乃子十一岁,沙罗子九岁,怀里的小留才几个月大。三个孩子的共通项就是,她们都是我的女儿。

每一封旧信,都以"小小,小留今天……"开头。当时我把沙罗子叫作"小小",意为小姐姐。我用小留的婴儿视角将每天的加利福尼亚生活写成了给二女儿的信。结尾署名是"妈妈",是特别明显的我的腔调,这样的信有很多封。

在信中,小婴儿妹妹和九岁的姐姐说着话,由我写下来,打印好,用传真机发给身在日本的沙罗子。沙罗子也勤快地回信,所以,写给她的信占了大多数。每当这时,我必定也给鹿乃子写点什么,字里行间会用很多汉字,意在激发她的自尊心。

我其实不想说的,我始终认为自己是个差劲的母亲。远不是用"不配当母亲"几个字就可以概括的。还用我说吗?我原本和一个非常好的丈夫组成了家庭,我却毁掉了这个家。就算不是我一个人的过错,一个家崩塌了,也确实是事实。而且我带着女儿们来了美国，来了加利福尼亚，让她们平白无故吃了很多苦，让她们尝尽了辛酸滋味。"尝尽辛酸"，这个说法我第一次用。平时不想用，但只有这样说才能达意。

她们原本是生于和平年代普通家庭的普通小孩，却尝遍了犹如难民孩子、战争时代小孩、灾难电影里的孩子才有的辛酸。

一切一切都怪我。没什么可辩解的。不过现在我看清了一件事。那就是，即使在这种情况下，我依旧把她们看作我生命中最重要的珍宝，竭尽全力把我的力量、我的语言分给了她们。

我是职业做语言的，只要看到词句，就能领会其中的含义。我在信中书写的语言也暗含了这种力量。一个全力以赴运用语言的女人，在书信里，使出浑身力气，想把自己的一颗真心捧给女儿们。

"你们看我找到了什么？"我把信拿给女儿们看。她们都笑着读信，我却忍不住哭了。

但事情就是这么奇妙。我把女儿们看作生命中的至珍，爱她们，然而同时也紧紧地拉着她们，扯着拽着，去找了男人。唉，这是一种什么样的冲动，什么样的决绝，什么样的灾难，什么样的心情，什么样的说做就做？理性和感情都驾驭不了。简直像一场前世的报应。

特朗普

最近我不停地看新闻（总统上任刚刚十天），特朗普的一举手一投足都令我生气。只要在网络新闻上看到"特朗普"这个词，我就会读，推特更不用说了，有时还会转发有意思的反特朗普发言。

在总统选举开始之前，我就逢"特朗普"必读。当然并非出于支持，只是想确认他真的不靠谱。估计很多人和我一样。于是新闻网站上关于他的新闻源源不断地向我涌来，我都扑上去认真地看了。其实推特和脸书以及其他所有网站都一样，会根据你的喜好和习惯，源源不断地推给你同类信息和观点相似的人，或把你的观点推给同类。仔细想一想，真有种被利用了的感觉，仿佛身在信息茧房，呼吸闭塞，同时也无能为力。

总统就职典礼的第二天，爆发了一场女性大游行。我所在的地方的游行队伍虽然不如大城市的声势浩大，也有两千人参加。我和朋友们一起去了。游行结束后不久，特朗普取消了支援避孕和与母子保健有关团体的政府补贴。华盛顿举行了大规模反堕胎游行，副总统好像还去发了言。我立刻给脚踏实地做实事的民间团体献上了穷人的一份心意（捐款），在家里戴了标志性的猫耳帽以示反对。特朗普，你等着！四年后有你好看的！别看我这么气势汹汹，其实我没有选举权。

我是有永住权（绿卡）的外国人。如果取得了公民权，就有了选举权。我已经拿到绿卡二十年了，若想取得公民权，应该很快就能拿到。但我没有拿。因为这需要放弃日本国籍，我总觉得丧失了日本国籍等于丧失了日语，所以下不了决心。

特朗普的当选简直是晴天霹雳。我的第一个想法是，幸亏夫死了。如果他还活着，听到特朗普当选，肯定会当场气死（熊本发生地震时，我的第一个想法是，幸亏父亲已经不在了）。

国民们打算怎么办啊，选上这么个东西。我看日本政治时也经常这么想，但从未像现在这么激愤过。小布什上台时我也这么想过，强烈程度比现在差远了。

其实在我住的加利福尼亚民主党占优势，我周围一个特朗普支持者都没有。我和朋友们说起选举，众人都齐心协力地反特朗普。尽管这样，选举结果却如此。说明就连加利福尼亚这样的地方，也有一定数量的特朗普支持者。

我去参加女性游行是和友人Ｃ一起的。Ｃ曾邀请Ａ一起参加，Ａ说："我支持特朗普，所以不去游行。"

Ｃ吃了一惊，没想到身边真有这种人。Ａ问："我们还能继续做朋友吗？其他朋友都不理我了。"Ｃ说："不会的，我们还是朋友。"不过Ｃ还说过："今后我对Ａ的看法会有所改变。"

特朗普的支持者就像阿伊努传说中的小人儿，可能就藏在蓣叶之下。如果每片草叶下面都有一个这样的小人儿，合起来就是一个不得了的数字。

这么下去的话，美国要遭殃了吧。禁止堕胎，禁止同性婚，废除健康保险，经济不景气，国土荒废，国际关系紧张，和墨西哥搞僵，和日本闹翻，和中国一触即发，真要是成了这样，倒也有意思，想看看美国人如何重整旗鼓。

别看我在这里悠闲地看热闹，现在美国开始禁止穆斯林多数国家居民入境了。听说很多有美国绿卡的人也被阻拦在机场。

我有一段非法滞留的记录，每当回美国入境时，总被带到另一个房间接受盘问。虽然最终我能出关回家，但我真的做过被强制遣送回国的精神准备。后来在申请绿卡之前，我交罚款取消了记录，但后来小布什一上台，他们又开始在机场找我的麻烦。

那种感觉非常糟糕。就像有人蛮不讲理地把我关在门外，把我当成罪犯。而且我知道自己确实做得不对，只有态度谦卑地认罪，无法还口。

那时我已经拿到了绿卡。加利福尼亚家里有亲人在等着我回去。我必须回去。所以无论在机场遭受多么不合理的待遇，我都保持平静忍了过去。最终我给移民局写信，才彻底解决了这个问题。如果现在这个问题被重新提起，加利福尼亚家里已无亲人等我，我丧失了对抗的意志和体力，估计会心灰意冷地转身回日本吧。

难眠

睡不着。

没有在倒时差，就是睡不着。

一整天都在琢磨，今天能睡着吗？睡不着吧？好像年轻时有了进食障碍，脑子里整天在想食物的事，好像出门旅行时便秘，会总想着排便的事。

以前我睡眠质量很好，当然倒时差的时候会睡不着，而且我经常在倒时差，不过最近我养成了顺从身体的新习惯，困了就睡，不想睡就起来，所以不觉得倒时差难受。

我总是困得头昏眼花时才去睡觉。有时我干着活，感觉大脑停转了，写的东西前言不搭后语，就知道已到达极限，该去睡了。躺到床上只要读几页前一天看过的漫画，我就能自然而然地睡着。人们都说睡觉前不能看电脑，电脑光线会引发难眠，在我身上没这问题，我总是一下子就能跌入深眠。然而，我突然睡不好了。

契机是没钱。我要支付房产税（以前是夫扛着，现在压到我头上了），要换冰箱（突然坏了），要修车（修车费以前也是由夫负责的），要给院子里的树木剪枝（超级贵），要去补牙（美国看牙超级贵），要给狗治疗龋齿（看兽医也超级贵），各种花销叠加到一起，让我愁闷如何在没钱的困境中求生。我一夜没睡，想出了一点头绪，无论如何总能找出办法的，愁也没用，我拿定了主意。没想到自从这一晚，我开始失眠了，就算不再为钱的事发愁，依旧睡不着。

从前我三十五岁时也失眠过。那时我严重抑郁，乱吃安眠药和抗抑郁药，深陷泥沼，数年之后才走出来。自那以后，除了倒时差，睡眠上没出过问题。

但现在根本没在倒时差，突然就失眠了。

能迷糊一会儿，两三个小时后醒来，就再也睡不着了。

明明知道必须睡觉，可就是睡不着。幼儿经常困得不行还拼命睁着眼睛想玩下去，我可能就是这样，潜意识里在抵抗睡眠。

躺在床上，我在黑暗中想着这些事，意识清醒如水。我知道如果使劲闭上眼睛，还是能睡着的。究竟何时能睡着，这个问题令我不安。闭上眼睛等待睡眠降临的状态异常难挨，甚至是一种疼痛，一种恐惧。我意识到自己是孤单一人。为了驱赶这个念头，我就会情不自禁地睁开眼睛，于是知道今夜又要失眠。这样一来就躺不下去了，只有起床。

默默等着凌晨到来，然后带着两只狗去散步，狗狗兴高采烈地撒着欢儿，我带着灰心与焦灼交集的心情走进新的一天。

一天只睡三个小时的话，到了下午就会困得受不了。躺倒便跌入熟睡，也不做梦，醒来发现窗外正黄昏，等着去散步的狗正使劲盯着我的脸……我就这样过着每一天。

睡前酒不起作用。洋甘菊茶不起作用。加了糖的热牛奶不起作用。而药效又太猛烈，第二天什么也做不了。所以我总是睡眠不足，总觉得头脑不清爽，仿佛糊着一层蒙在青花鱼寿司上的半透明昆布。

过去，我很不愿意和夫睡同一张床。

而夫，坚持夫妇必须同时上床睡觉，不然"夫妻之间缺少对话"，他会非常不高兴。没办法，我只有和他一起上

たそがれて
ゆく子さん

Hiromi Ito

EX〜LIBRIS

床，拼命看书，让自己有困意。别看夫拿"缺乏对话"当借口，他上床后也是默默看书，我找他说话，他一脸不耐烦。"对话个屁啊"，我常想。而且总是夫先放下书，关灯睡觉，我背对着他，用一盏小阅读灯打亮手边，继续读下去。

夫不在了，我想几点睡、几点起都可以，想冲哪边就冲哪边，想在床上干什么都随我意，再也不用憋屈地在意他了。所以我带着狗上床，带着书、电脑、酒杯和痒痒挠上床，大肆张扬地把床周围弄得很乱，本该睡得很香甜的，实际上却失眠了。已经不能归咎于夫了，我不知该怎么办。

巴巴，坐，车／

女儿回来，我当然高兴，但让我和几岁的孙辈一起玩，我真觉得没什么意思……我把这话讲给已经当了几十年祖母的美国友人 D 听。她大手一挥："我也一样！我爱的只是我儿子，儿子的妻子和孩子？随他们去吧。"

我以前就认为，D 是一个说话直爽的人，没想到这么直爽。毕竟在别人面前，总得说些面子上的话，不会直言这种想法，比如我就说不出来。不过认真想一想，说不定这才是实打实的真心话。

当然，并不是所有美国人都这样。绝大多数人都爱孙辈。有的朋友经常给人发孙辈的照片，根本不管别人想不想看。有的朋友和女儿分住两城，他们说要照看孙子，特意搬到了女儿的身边。我觉得他们都很了不起，因为我做不到。

　　我作为一个外婆，什么也没有做。我不会带孩子玩，为此我没有去努力改进；也没帮忙照看过孩子，因为孩子还有沙罗子和小留两个姨母。从前夫还在时，鹿乃子带着孩子过来，我倒是用心做过三餐。这阵子鹿乃子再过来，沙罗子负责迎接，和我过去一样用心，又比我松弛，会让姐姐妹妹帮她干活。

　　前几天我带着（只带了）尼可去了大女儿鹿乃子家。大女儿住的地方，从我这里过去，坐飞机一个半小时（开车到机场，加上候机时间，一共四五个小时），开车的话要七个半小时。鹿乃子夫妇住在车站前的一座小公寓里。一间起居室，两间卧室，宽敞的厨房，还有一个小院子。年轻的夫妇在这儿拼命地养育着孩子。我仿佛看到了从前的自己。

　　于是我发现了一件事，与其让她来我家，不如我去她那儿，双方都更放松。他们在自己的领地，以平日生活的状态欢迎来自远方的我。他们买了啤酒，叫了比萨，猫也过来跟我玩。只因为我是外婆，小孩子们就和我很亲昵。就算我依旧和他们玩不好，也能感到他们很放松很自在，不闹别扭。大外孙女今年四岁半，在上日语幼儿园。直到前一阵子她还说不好英语，现在连日语都说得很流利，能和我用日语对话了。

我带着狗出去散步，问她"你要跟吗？"，我伸出手，她用小手拉住了我。一路上，她教给我各种花叫什么名字，就在那时，她忽然叫了我一声"外婆"。我吓了一跳，因为以前她一直叫我"巴巴"（请参见《闭经记》）。

听她叫出"外婆"，我几乎以为我母亲也在场（母亲已在数年前去世），然后才想起，她在叫我。我不情愿孙辈叫我"外婆"，所以从她出生起，我用"巴巴"的代称糊弄到了现在。现在既然外孙女本人都叫出口了，我只有装出习惯的样子，若无其事地答应了一声。

住了一夜之后，外孙女和我混熟，给我弹了钢琴，她跟她妈妈学的。乐谱架上放着她的妈妈——我的女儿鹿乃子手工制作的笔记本，粉红色本子上用活泼的大字写着小孩也能看懂的 CC、GG、AA、G（这边用 CDE 表示音符，不像日本用哆来咪）。

以音乐为生的鹿乃子教她女儿弹钢琴，就相当于我从前教小留学日语。我太能理解鹿乃子的心思了，一个女人凝视着自己的孩子慢慢长大，寻找合适的时机，想把自己的一身本事教给孩子。我也做过手工笔记本，上面写着日语的假名，还以小留为主人公画了漫画，希望她学得开心。这些事我表面上做得很轻松随意，其实内心拼了命。

一般来说，小孩子好像不明白大人的心意，会觉得大人们都很烦，他们拨开大人的手，离开大人的视线范围，自己向前冲。

小留现在的生活里完全没有日语，外孙女正在学的钢琴，以后会怎样还不好说。但终归，孩子们在替大人偿还因果，拥有记忆，积累心思，世世代代传下去。

他们说树林里有旋转木马，我们就去坐了，还在林中山路上散了步。两岁的弟弟害怕木头做的假马，嚷嚷着要"go home"（回家），他爸爸抱他下来，他看见姐姐还在骑木马，又哭着说也要骑，他爸爸抱着他一起骑了。刚转了一圈，他又叫喊要回家，他爸爸抱着他下来，他看见姐姐还在骑，又哭了。

我回到加利福尼亚自己家后，鹿乃子发来邮件，描述两岁的弟弟拼命选择了语言，说了下面的话：

巴巴，坐，车。

尼可，坐，车。

巴巴，上，山。

巴巴，爬，石头。

看，树。

骑，马。

（想了一下）

骑了，马。

当然了，两岁的孩子用英语说了这些，我不由自主地翻译成了日语，谁让我是诗人呢。

他也用他的力量骑了马呀。巴巴我心里很感动。

克莱默，克莱默

我的每一天，因克莱默开始，以克莱默而终。虽然身边还有尼可，但主角是克莱默。啊不好意思，没看过前面文章的读者一定不明白我在讲什么。

克莱默是一只德国狼狗，现在估计两岁。之所以说"估计"，是因为它在路上被人捡到送进了救护站，没人知道它的生日。

克莱默大概三个月时，相当于人类的三四岁小孩，被人在路上捉住，别看它是小狗狗，却无家可归，小小的一只，孤零零的，不知遭遇了多么可怕的事情。我一想到它小时候一直饿着肚子，就心疼得不得了，不由得想起那本著名绘本《天涯一匹狼》(やっぱりオオカミ)。它被捉住后，被送进动物保护设施等待做捕杀处理，设施里的生活状况，猜也猜得出来。后来它被德国狼狗救护站的工作人员搭救出来了。

在美国，有很多按照犬种设置的救护站，里面当然也有其他种类的猫和狗，但以一种狗为主。如果狗生了病或受了伤，在里面能得到治疗，救护站还会为狗寻找能相伴一生的主人。对这种救护站，我只能低头致敬。

克莱默在救护站住了几个月，在大约七个月大的时候来了我家。那时我下定决心要养一只德国狼狗，搜索了很多繁育犬舍和救护站的官网，终于邂逅了克莱默。

它是一只非常怕人的小狗。我联系救护站时，工作人员一开口就告诉我："克莱默对什么都怯生生的。"

"它不习惯和人在一起，不喜欢被人摸。""它没受过训练，不懂规矩。"救护站的工作人员似乎一心想打消我收养它的心思。我带着克莱默回到家，确实就像工作人员所说，克莱默干什么都怯生生的，好像我家来了一只草原狼。

那么它现在呢？

晚上它在我床上和我一起睡觉。它放松地舒展开长腿，睡得很香，挤得我没地方，伸不开腿，盖不了毛毯。不过，和它睡在一起的快乐是无可替代的。早晨我一睁眼，它就会过来蹭我的脸。

我命令它"过来"，它不仅过来，还钻到我的两腿之间，轻拍我的腰。所以我只有紧紧抱住它，抚摸它，夸它好棒。它刚来时就做了手术，虽然现在还经常勃起，不过没用。

其实它依旧是一个胆小鬼，怕这个怕那个，总是战战兢兢的。不像是内心创伤，可能天生就这性格。因为胆小，在外面它遇见别的狗，其实它跟人家讪笑两声示个弱就行，它偏不，非要奓起背上的毛，冲人家狂吠，就像一个因为紧张而和别人处不好关系的青春期少年。

所以我没带它去狗公园，而是去了野山。带以前的狗散步时去的也是野山，我不以为苦。

我的生活以克莱默为中心周转。清晨去散步。上午九点多再去散步，一起去的还有朋友和她的狗。朋友的狗是克莱默最亲密的朋友，看着它们亲昵如恋人，我的心情就会好起来。

散完步，密友狗直接跟着我回家，在我家玩一天，中间睡几觉，傍晚我带着密友狗、克莱默和尼可去野山，任它们疯跑，然后把密友狗送回朋友家。深夜时分，我再带着克莱默在家附近溜达一圈。

自从夫去世后,我不再正经八百地做饭。每隔几天会买一次鸡肉,烤出来做成狗粮。平时的狗粮是不掺加谷物的类型,加一个狗罐头,配上烤鸡,不可能不好吃。

我去日本时,暂时把狗寄养在驯犬师那里。从前,小茸的驯犬师非常严格,就像在训练新兵,他认为狗天生有攻击性,必须持续做驯服训练,狗才会低头听话。相比之下,现在这位驯犬师完全不一样。

他曾经给伊拉克战场训练过炸弹嗅探犬,他的训练方法非常严格,同时也很平和,不使用驯犬刺激项圈或电击项圈,只用语言、奖励性的好吃的和口哨。能遇上他,是我运气好。我觉得家养狗只要性格平稳,被家人爱着,悠悠闲闲地度过一生就足够,所以把克莱默托付给了他。

前一段时间我让二女儿沙罗子帮我照顾了一晚上克莱默,因为我要带着尼可去大女儿鹿乃子家。回来后吓了一跳,克莱默见了我后,从耳朵尖到尾巴尖,全身爆发出喜悦,一个劲地跳,又要抱我,又要钻我裤裆,咬我,舔我,高兴得打滚儿。我被它爱到了这种程度啊,我有点想哭。

沙罗子说,我不在的时候,克莱默一直无精打采的。

"但是妈妈,你要是想让别人帮忙照看,最好不要惯出它一天要散五次步的毛病。"

确实,把它交给别人照看,就好像把还在吃母乳的婴儿丢过去一样,肯定让人费心费力了。虽然我如此反省,不过第二天,照例一天散了五次步。我是行星,围绕着克莱默太阳运转。

深夜要去散步时,我忽然意识到,因为我没有其他事可做,才每天如此散步。过去,黄昏时遛完狗后,我要做饭,饭后要工作,当感觉到疲惫时,会找夫聊天。现在找不到人说话,就变成了找狗散步。狗当然欢天喜地。每天早晨起来,我找不到人说话,只有找狗散步。狗当然欢天喜地。我不是在娇纵狗,是为了自己而利用了狗。

毒亲

毒亲,指的是伤害孩子的有毒父母。据说夫就是一个毒亲。

夫的大儿子经常说:"我父亲是天底下最差劲的人,只考虑他自己,无比自私,只有他的工作最重要,其他事情都不算什么,除了他自己,其他人他都鄙夷不屑,一味用蛮力压制。我从小就是被他这么欺负过来的。"

夫的大儿子,是夫和初婚妻子生的,与小留同父异母,与我同岁,我们之间的关系像朋友,也像亲戚。

大儿子谈起他父亲时,口气里只有憎恶,听得我哑然无语。

当然他没有完全说错,夫确实有自私的一面,有时不把他人看在眼里。很多次我在心里咒他赶快去死，很多次想过分手，不过直到最后，我既没有杀他，也没有离开他，这是因为他身上并非只有缺点。

正因为我们一起生活，所以我知道得很清楚，夫非常珍重大儿子，无数次赞美过儿子，让别人知道他以儿子为荣，一心一意地期盼儿子过来看他。夫盼着儿子来，就像父亲在熊本等着我回去，姿势心态那么酷似，让我无数次想过，无论东亚人还是西方人，都有一颗殷殷父母心。

所以大儿子认为夫是一个毒亲，我觉得这种想法很荒唐。

大儿子说，他的妹妹们也有同样的看法。于是我去问了他最小的妹妹，即小留。小留的看法与他不大一样。"父亲身上确实有自私的地方，但这不是全部啊。哥哥已经全心全意地认定父亲自私了，无论别人说什么，他都听不进去的。妈，你不要管了。"

我把这种事情称为"亲子关系散射现象"。就是说，父母认为自己的所作所为是为了孩子好，孩子不这么想，孩子觉得，父母在用蛮力控制自己，自己一直在自私父母的控制之下，毫无自由。所以孩子会拼命谴责父母。

我曾作为讲师，参加过一个进食障碍的讲习会，在会上观察到了一些令我愕然的现象。讲习会分成两个组，父母组和孩子组，我穿梭于两组之间，不止一次亲耳听到，在同一件事情上，父母和孩子的意见不同。光听女儿讲，我以为妈妈是个无比差劲的母夜叉，再去听妈妈讲，又发现"母夜叉"是一个为生活用尽了全力、受制于女儿、不知怎么办才好的普通母亲。父母和孩子看待同一件事的角度和态度实在不一样，不是谁对谁错的问题。

"快逃！不要回头！"如果哪个孩子因为有毒的亲子关系而烦恼，我会这样告诉他。

不过，父母也有自己的理由，亲子关系的散射现象不可避免，如果孩子逃走了，父母也很可怜。不过，当一个孩子发出伤心的呐喊，说他想活出自我，并控诉父母是毒亲时，他只有从父母身边逃离才能自救。

不过，就我看到的一些情况，控诉父母是毒亲的孩子，往往无法逃离父母。因为逃离不开，无法反抗，无法弑亲，所以他们加倍憎恶毒亲。

我如果这么说，也许会响起更多伤心的呐喊："要是能逃跑，我早就跑了！我一想逃跑，他们就带着加倍的毒追上来，让我没有办法逃脱。"不过我希望这些孩子停止尖叫，静下来想一想。

你使出过浑身力气痛殴过父母吗（痛殴只是比喻哟）？你掐死过他们吗（掐死也是比喻）？父母过去赞美你，你从中感受到快乐，你把这些快乐全部丢弃了吗？你让父母彻底失望过吗？你用实际行为让他们醒悟过吗？他们育儿失败了，对你期望太高是错误的；你有没有彻底无视他们的话，大胆去做了你真正想做的事？

如果你稍微手软，或者遵从了父母，或者你有想遵从的心思，那说明你做得还不够。

当然，做得不够也没什么不好，因为一件事不可能做到百分之百。在这种事情上，人与人之间的差异太大，无法一概而论。

小留上高中时，对她爸爸的一举一动都看不顺眼，她总在找碴吵架，两人没完没了地争吵。最开始小留说不过她爸。因为她爸的态度类似"我是正确的，你得听话，别那么倔"这样的，所以小留会很不情愿地投降。不过到了第二天，她还以同样的理由和她爸吵架，她爸都不耐烦了，我在一边观战也觉得啰唆。当时我不理解，她为何如此反抗。现在我觉得这种反抗是必需的。到了后来，小留赢了好几次，她爸说不过她了。

所以我觉得，夫的大儿子是个好儿子，成绩好，成功获得了社会地位，让夫自豪。不过，大儿子年轻时，也许并未像小留这样奋不顾身地反抗过父亲。再说小留，她是个倔脾气，不爱学习，成绩差，经常被她爸责骂。虽然这些地方令人担心，不过人生的路很长，也许从长远角度看，她反而配得上一句赞美："小留，你做得太好了！"

很棒的拉梅兹呼吸法

我现在不像以前那么沉迷尊巴了，可谓诸行无常。虽说不沉迷了，每星期仍去跳三次。什么？已经很多了？

两三年前我得了肩周炎，俗称五十肩，在我身上就是六十肩。我的右肩和右臂抬不起来了。花了一年时间渐渐有了好转，快治好时，左肩也抬不起来了。所以我度过了一段双肩都抬不起来的不便生活。通过慢慢治疗，左肩也快痊愈了。

无论是跳尊巴还是锻炼肌肉，道理是一样的，都是在肌肉蓄力时吐出一口气，放松时吸入一口气。这样一来，充沛的氧气可以行遍肌肉的每个细胞（我的想象），肌肉由此变得柔软而灵动。

我忍着疼向上伸展僵硬的肩膀时,也是这种感觉,如果深呼吸到位,就能舒畅地伸展开。蹲下和挺胸时,也可以同时做深呼吸。我经常下意识地做着这种深呼吸。

这就是拉梅兹呼吸法。

我过去学过,至今记得。

那是三十多年前的事。永不会忘记的1983年秋天,我发现自己怀孕了,决定要生。在那几年前我读过风靡一时的《分娩革命》[1](确实是名著),书里介绍了拉梅兹呼吸法,我想实践的机会来了,既然要生,分娩时就要用拉梅兹呼吸法。

我当时的目标是:不用催产素,不做会阴切开,在丈夫陪伴下,使用拉梅兹呼吸法自然分娩,母乳喂养。但我是第一次怀孕……不对,也不是。准确地说,我是第一次以生育为目的而怀孕,第一次分娩,第一次育儿。那时我还没有学会"粗粗拉拉、吊儿郎当和瞎糊弄"的本事,在朝着目标和理想奋进。

那时三森孔子的《接生婆推荐大家使用拉梅兹呼吸法》

---

[1] 《お産革命》,藤田真一著,朝日新闻社1979年6月出版。

刚出版，我在书店看到后，读得非常入迷，然后在家附近寻找了使用拉梅兹呼吸法做自然分娩的产科医院，还和当时的丈夫一起参加了拉梅兹学习班，认真做了准备。实际分娩时根本没这么简单。我整整难受了三天生不下来，丈夫起不到作用只有退场。最后用了催产素，切开会阴，做了胎头吸引术，没等我用上拉梅兹呼吸法，孩子已经生下来了。

再说第二个孩子。

既不是使用拉梅兹呼吸法的自然分娩，也没有丈夫陪伴，只是在一家传统的街道妇产医院，一点都不新派。不过，一旦到了关键时刻，我自然而然地用上了拉梅兹呼吸法，一呼一吸相当到位，连我自己都很吃惊。

之后隔了十年，我生了第三个孩子。

是在加利福尼亚的大学附属医院生的。我意识到这是最后一次了，无论如何想试一下蹲式分娩。结果在附属医院的分娩室中，我被一群不知蹲式分娩为何物的美国人围着，下意识地用上拉梅兹呼吸法，试图蹲着生出孩子。一点都不顺利。医护人员发出各种指令，我不听，把他们气跑了。

是我在生孩子，就让我按自己的想法做好了，我拼命坚持着。这时进来一个身穿手术服戴着手套的产科医生，看打扮像外科医生。"好了好了，你躺下试一试？"她安慰着我，手指伸进阴道，语气平和地指导我，"好，你朝这个方向用力。"我试了一下，感觉很好，就放弃了蹲式，跟随医生的指挥，仰躺在分娩台上，分开大腿用力，轻快地喊着拉梅兹呼吸法的号子，生下了小留。

毕竟是时隔十年的分娩。阵痛都快开始了，我根本想不起什么拉梅兹呼吸法，但阵痛一来，我的全身自然而然地做出了拉梅兹式的反应。真是惊人。据说只要学会骑自行车，学会游泳，就有了肌肉记忆，呼吸法也一样，身体不会忘。我觉得拉梅兹呼吸法相当了不起。

就在前几天，我在熊本和产科医生以及助产士聊天，听说现在拉梅兹呼吸法不怎么流行了。现在的主流是身心调和分娩。也许，和《好乳房坏乳房》一样，拉梅兹呼吸法代表的价值观只通行于我这个年龄的女人之间。

这些女人（比如我）现在六十多岁，身心不行了，无论是跳尊巴，还是带狗散步，抑或是上台阶爬坡时，拖着沉重的行李走在机场时，都喘不上气，心跳急促，难受得不行。

不过如今，我会下意识地用上拉梅兹呼吸法，更觉得这种呼吸法非常出色。所谓一技在身胜积千金，没想到我年轻时学会的本事，六十一岁了还能派上大用场。

忌日

前不久我发邮件给表弟。"那什么……顺便问你一下，我妈的忌日是哪天来着？"

表弟肯定在想：这人怎么这样，太差劲了吧。不过他还是回了邮件："是十一日。我给姨母供奉了咖啡和巧克力。"

我父亲是铁杆咖啡迷，讲究豆子，用过虹吸和滴漏等各种方式，死前的几年间，全靠一台自动咖啡机，只需投放咖啡粉即可。父亲天天都做，死那天也做着喝了。他年轻时常说："我死后，只要给我供奉咖啡就行。"

父亲还喜欢巧克力。战争期间他是开飞机的，飞行之前能领到软管装的巧克力，成了他当时的一大盼头。战后美军进驻,他吃过美国的好时巧克力后,觉得美国有这么好吃的东西,日本当然赢不了。这话他经常讲给我们听。巧克力也成了他的嗜好。"我死后,给我供奉咖啡和巧克力就行。"

过去的夫妇,丈夫的嗜好便等于夫妻双方的嗜好,我不知道母亲喜欢吃什么。她喜欢吃青花鱼和鲑鱼我倒是知道,但这些只是菜,不是安慰性的嗜好之物。

总而言之,每逢母亲忌日,我都给她供奉咖啡和巧克力。母亲忌日六天之后,是父亲的忌日。我给他供奉咖啡和巧克力。母亲三周年忌辰之后,没过几天,父亲也走了,我不禁觉得他们两人真是和睦,让我好羡慕。然后今年,又添了夫的忌日。

父亲忌日的十天之后,熊本地震发生的十一天后,夫死了。

说是忌日,其实没做特别的活动。夫在世时经常举办晚餐会,自他走后,自然也就停了。我没再邀请过朋友,无人来吃晚餐。

说是父母的忌日,其实没做特别的活动。只供奉了咖啡和巧克力。

母亲死后,父亲每天早晨做好咖啡,注入一个小小的蛋杯，加一勺砂糖进去，摆到母亲照片旁，插一炷香。第二天早晨也一样，父亲将前一天的极甜陈咖啡一口喝下，注入新的。

父亲还在时，每逢母亲忌日，我就买来鲜花和好吃的，和父亲稍微感怀一番。也只有这些。父亲死后，剩下我一个人，我连母亲忌日是哪天都忘记了。

夫的忌日，我每天都想起，再过一个星期就是那一天了呀，再过五天，再过三天……这样想着，我一个人活着。

还记得一年前此时的慌张和凌乱。那时，我只是默默做着必须做的事情。词典解释"默默"这个词有"安静而肃穆"的意思，对我来说，"默默"指的是保持冷静、无言地做必须做的事情。我只能这么做。我不想被骤然而来的亲人之死席卷，我想从中逃生。

我保持着冷静，假装一切都好，每日去医院看望夫，听他发牢骚，听他提要求。医院背后是荒地，进医院前和离开之前，我带着狗在荒地上行走。时逢四月，草木葳蕤，小小的尼可穿过草丛，沾了满身的草籽和刺。回到家，我默默抱起尼可，仿佛感情不存在了，只是在做我必须做的事情，一粒一粒摘下草籽。那段时间的事，我不愿意再想起。

夫死前三天，躺在家里做临终关怀护理。我面对着他，注视着他的身体，默默做着必须做的护理，打开电脑做自己的工作，之后带着狗去散步。夫越来越虚弱，我挪动他沉重的身躯，有时因为挪不动而灰心绝望。这些事，我也不愿意再想起。

所以我摇摇头，站起身，去买了威士忌。二十年来一直在买的艾莱岛单麦苏格兰威士忌。每逢圣诞节、情人节、夫的生日、偶尔的父亲节，我都买来送给他。我回日本前，也会买一些添上，怕他不够喝。我多么希望我不在家时，他喝着喜欢的威士忌，有个好心情。

已经很久没买了。夫死的前两年就没再喝过。在我看来，喝着威士忌的那个男人才是夫，他不喝了，不像夫了，男人性倏尔消失，变成了一个我养活、我保护、我守候、我送终，最后安然离开的人。

别看我表面上如何，其实我完全不能喝烈酒。单麦威士忌，都是我送他的。想一想，我们两个似乎从来没有感怀共饮过。

贫困的预感

今年报税期太难熬了。

我连缴纳自己的税金都很吃力，最近税务师还来问："房产税交了吗？"我吓了一跳，赶紧去查，还没交。房产税这种东西，过去一直由夫负责。"延迟的话要交罚款的。"由此我深刻地理解了什么叫"巧妇难为无米之炊"。

我以前从没想过，夫死之后，如此沉重的担子要全部落到我肩上。

夫是一个非常慎重、仔细、周到的人，同时对万事保持悲观态度。他自己以为，已把后事考虑周全，我也是这么相信的。可能他最后头脑不太清楚了，很多事都没做周全，遗言也根本没有为我考虑。也许是夫高估了我赚钱的能力，以为无论遇到什么事，我都能闯过去。

总而言之，他留给我的，是一座还有很多房贷要还的房子。

房子在南加利福尼亚，靠海，面积大，这么看来，似乎相当值钱，众人都这么说。但我不打算搬家，也不打算卖。

如果卖掉，我就得另找房子。我不觉得这座房子能"高价"卖出，新房子能"低价"买进。住在这里，就得还房贷（二女儿为了帮助我，搬进来每月付租金），支付保险，缴纳房产税，修理维护也要花钱。这些原本都是夫做的，现在压到我肩上了。

我现在开的车，也是夫买的。保险和养车钱都由他来掏。我家另外两台车（在美国是必需的），是我买的，我养的。现在我名下有三台车，都得我一个人养。

与慎重的、仔细的、周到的、悲观的夫正相反，我是个随遇而安、毫无计划、不懂理财、万事乐呵呵的人。总觉得车到山前必有路，实际上我真的找到了路。我向出版社预支了版税（像不像旧时代的文人），取出一部分定期存款，想了很多办法，总算熬过来了。

之所以这么困窘，还有一个复杂的原因。

贫困的预感 165

我是非居住者，就是说，我以绿卡身份住在美国，在日本没有居住登记，只在洛杉矶的日本领事馆有登记，不在日本国内报税，而在美国报税。

如果住在日本国内，收入的百分之十作为税金会被提前划走，如果是非居住者，为了防止漏缴，会被提前划走百分之二十，让人感觉税非常重。但是如果提交了烦冗手续，税金可以不提前划走，在美国报税后缴纳就行。

我确实是这么做的。但是这样一来，税金因为没有被提前划走，每年报税时我都得一次性缴纳一大笔钱。毫无计划的我，每年都为了凑这笔钱而焦头烂额。

除此之外，个人番号制度也是一大障碍。如果没有日本的个人番号，就不能取款汇款。我的收入都来自日本，生活费需要从日本汇入我在美国的银行账户，没有番号就办不了。而日本的出版社不替我考虑这些，只让我提供日本的银行账号。

我有个朋友非常厌恶这套制度，千方百计躲避申请个人番号。我不一样，我积极地想申请，为此去了市政，询问过后得知，只要有住民登记，就能马上申请，而我是非居住者，申请不了。

萧索寒风掠过我心，瑟瑟吹动了风滚草。风滚草，美国荒野上常见的无根之草。西部片的荒凉大地上，枪手和驿马车的背后，常有风滚草虚浮地飘过。

太不方便了。太无情了。

所以我从日本坐飞机回美国时，携带了几十万日元。我倒是想多搬运一点，可惜账户里没那么多。这点钱光每年缴税都不够。许多次我感觉走投无路了。

别看我现在写得这么流利，根本不是这么回事。我花了二十年才搞明白这套东西。可惜年轻时没能及早掌握。

这就是一个以写字打短工谋生的无所属诗人的真实境遇。啊，寒凉沁骨。

这阵子"老后需要多少多少钱"的文章总是往我眼睛里钻。到处都能看见（比如《妇人公论》杂志）。我读了，这类文章总是轻飘飘地写道，老了以后需要几千万日元。就我现在这工作频率和劲头，绝对攒不出那么多钱。现在书也卖不出去。所以我要恳求诸位读者，请不要去图书馆借书了，花钱买书吧。这种文章读完只会心烦，我一般躲着不看，最近躲也躲不开，什么"老年贫困"，什么"老年破产"，每次看到，都如坠深渊。

贫困的预感

植物的殉死

夫离开一年了。我察觉到一个事实，最近几个星期，不对，最近几个月，最近几年，家里的植物看上去都不幸福。

哦，"看上去不幸福"是英语直译。因为夫经常说："植物们看上去都很幸福。"

我家里有一个角落放置了大量植物。从前，每一盆都枝叶繁密，叶面毫无尘土，闪闪发亮。那是因为我每天都触摸它们，浇水，摘下黄叶，擦掉灰尘，碾碎介壳虫。如果整株不精神，我就买来新盆，分株换盆，让植物越来越多。最鼎盛时，家里有二百多盆植物。那时，我的父亲、母亲、夫和狗都还神采奕奕。

之后很快，我开始往返于日本和美国之间照看父母。那时植物状态稳定，不分株换盆也没关系。别看我这么说，其实是没时间照顾植物，也不增加数量，只想维持现状。

搬运土壤和换盆时需要一会儿蹲下，一会儿站起，就像做健身中的深蹲动作。也是从那时起，我的身体吃不消了。尊巴舞里当然也有深蹲，而且尊巴的主旨是"不勉强"，量力而行就可以，所以我想，就算不给植物换盆，还能在尊巴里做做深蹲，也不是不可以……好的我知道了，所以我瘦不下去。

那些日子我经常回日本，植物渐渐没了精神。到了夫最后的日子，我哪里顾得上植物啊，完全放置不管了。若是人的孩子，这就是虐待罪，不过这是植物。

对植物来说，死就是生，生是存续下去。哪怕茎秆枯了，生命依旧在一片叶子、一根细茎、一缕根上存续着，就算枯萎了，也会换一个时间换一个地点，重现新生。

植物的这种生存之态，这种活法，是我常年换盆浇水的观察心得。过去我认为，人类鸟兽之死，是彻底消亡，植物就不一样。最近我不这么想了。事实是，所有生命都和植物一样，人类鸟兽之死，也是一种生。只要是生，就能存续

植物的殉死　169

下去。

这里有两株大戟，属于大戟科。一盆放在一楼，茁壮地向上延伸着。另一盆放在二楼，穿过楼梯栏杆向下伸展，一旁是一盆虎尾兰。

最近，二楼的大戟总是掉叶子。我察觉到了，却没多想。以为是水没浇够，下次多浇点就行，没有去细看叶茎和土壤状态。已经放任不管几个月了。

前几天，住在二楼的沙罗子指着大戟旁的虎尾兰，对我说："这个长了好多好多介壳虫。"怎么会这样呢？虎尾兰，百合科，只要做好光照和水分管理，我从未见它长过介壳虫，它就是这么结实好养。现在，可怜的虎尾兰上趴满介壳虫，叶子发白，已经没法救了。

这时我才看到，虎尾兰旁边的大戟，岂止掉叶子，已经整株枯萎。

不仅这两盆，另一盆虎尾兰，鹅掌藤，招财树，喜林芋，龟背竹，都是在家里生长了十几年的大盆，我以为它们会一直活下去，现在都枯了，为时已晚。无能为力。只有扔掉。扔掉。扔掉。扔掉。家里从未像现在这样空荡荡过。枯萎到这种程度要花多少个月，多少年啊。仿佛植物们在用自身的速度，缓慢地殉死。

沙罗子帮助我收拾着。我不经意地说了一句："要是爹地现在回来，看到这个，一定会吃惊，会说这里不像他熟悉的那个家了。"沙罗子望着我，瞠目结舌，仿佛我这话太匪夷所思。

我就想。哦，这话会令人惊讶啊。沙罗子有相亲相爱的伴侣，工作忙碌，每日活得充实，最近两人还养了一只小狗崽，在给狗崽当爸爸妈妈，"一家人"的气氛浓郁。

他们这些现充[1]，日常生活里不会掺杂对死去之人的回忆（虽然沙罗子和夫是关系非常好的继女和继父），所以觉得我这话说得太唐突。

而我，时刻忆着死去的人，同时诘问自己。假如，现在夫回来了，出现在家门口，我会想什么，说什么，脸上有什么表情。啊，看不到夫的影子了。如果他在这儿，会和平日一样，做这件事，吃那种东西吧……我不是在盼望他回来，压根儿没盼。

不过，经常在毫无察觉时，我已经这样问了自己。

1　日本网络俚语，指现实生活美满充实的人生赢家。

承载着无数回忆的烤鸡

我是这么做烤鸡的。先把芹菜根、小葱头、圆菇、小茴香和欧芹切成粗粒,和鸡肝一起炒,把涂了厚厚黄油的酸面包撕成小块放进去,拌一个生蛋,加盐和胡椒。把这些塞进鸡腹,鸡胸朝下,用中火烤一个半小时。一边烤,一边浇上鸡汤或烤出的汤汁。烤好后掏出鸡腹里的东西,做烤鸡的配菜,也可以用另外一个锅将其煎得外焦里嫩。烤出的汤汁滤掉油脂,可以当作沙司。同样是烤鸡,我还经常做柑橘和生姜或者柠檬风味的。这种塞满根茎菜的做法最有家常感,热乎乎的,吃起来满足。因为很花时间,我只有心情放松的时候才做,真的没少做,也经常用这一道菜款客。

二十年前,我刚移居至此,家里经常邀请别人过来吃饭,次数之多让我发怵。这边的社交方式是互相邀请吃家庭晚餐。因为我住过来时,邻居们大多是欧洲裔,这是比我年长的一代人喜欢的交流方式。

既然邀请了客人,那么餐桌就得按照礼仪布置好,菜也是一道一道地上。先是头盘,然后是主菜的鱼或肉,佐以蔬菜,然后是沙拉,换新盘子上一道奶酪,最后是甜品。应邀而来的客人会带一瓶葡萄酒上门,也都精心打扮过。

我那时很怕这种聚会。首先是英语。我和夫对话毫无问题,但跟不上晚餐会上的对话激流。就在我慌张时,对话已经从我眼前奔流而过。所以我越来越习惯沉默,他们以为我是个老实本分的内向女人,这让我很不高兴。而且,来我家吃饭的人都期待我做日本料理,我在厨房考虑要不要炸个天妇罗满足他们,外面却在喊我:"赶快过来!女人不要待在厨房里!"大家都有鲜明的女性主义意识。我想给他们上课:"日本料理这种东西和女性主义水火不相容。"

要做一整套菜的话,除非有看不见的小精灵帮忙,不然重担都在主妇肩上。撤掉脏盘子,洗干净。再撤掉脏盘子，洗干净。还得参加对话，还能再忙点吗！这种晚餐太烦琐，其成立的前提，就是有看不见的小精灵帮忙，再不然就是家里有用人。话虽如此，二十年生活下来，我的烹饪能力和英语能力都能应付过去了。

自卖自夸一句，我做的饭相当美味。因为我有好奇心，有探索欲。虽然和枝元、平松她们相比，我忌口的东西稍微多了点，但是我的好奇心足够补偿。我不擅长收拾，可是我够麻利，而且有试做各国名菜的果敢勇气。现在我能用日式猪肉炖土豆的方法做出常见的西式菜。

每逢结识新友，或有客从远方来，我们就邀请他们来家里吃晚餐。最初，夫用完美的英国方式全盘主导，客人也都是夫的朋友（他先住过来的，自然朋友比我多）。后来变成我负责做菜，放酱油的菜渐渐多起来，我开始邀请自己的朋友，夫负责摆设餐桌、买菜、收拾洗碗，还负责为客人们斟酒。渐渐地，这些他都做不了了。就算他做不了了，我们依旧经常主持晚餐会，我一个人准备，一个人做菜，一个人收拾，后来渐渐不做了。

夫死前一年半，我们彻底不再举办晚餐会，友人邀请我们，我们也不再去了。从前，夫是晚餐会上的中心人物，那么健谈，那么喜欢吃。后来，他变得像从前的我，跟不上对话，那样子让我心疼。

两年前，我们邀请柴田元幸[1]来家里做客，那是夫最后一次在晚餐会上兴致很高。夫非常喜欢柴田先生，说从未见过这么有趣的人。他后来甚至提出，想与柴田先生再吃一次饭，我们特意开车去洛杉矶见了柴田先生和太太（那时夫已不能开车）。现在我写着这些，不由自主地翻看了日历和旧邮件，想起无数旧事，以至写不下去。

前不久，时隔很久，我在家里主办了晚餐会，邀请了住在附近的老朋友。几乎等于夫的家人的R夫妇，与我特别投缘、总是帮助我的独身H，H相对来说是新朋友，夫在晚年与H交好，还有我的挚友日本人M夫妇。

朋友们都来了，就像从前那样。

夫死后，朋友们看到我一个人了，经常邀请我过去吃饭。不久前我在某家餐桌上，试着提了一句："下次去我家吧。"朋友们都说："太好了！我们一定去，就像从前那样。"

我为晚餐会做了文章开头提到的烤鸡。我以为我忘了

---

[1] 柴田元幸（1954—），美国文学研究者，翻译家。

承载着无数回忆的烤鸡

做法。朋友们也以为比吕美一定忘记了做法，所以各自带来头盘之类的菜。哪里哪里，就算我不动脑筋，我的手也会自动动起来，做出和从前一样的烤鸡。因为这是多年来我为家人做了无数次的大菜。

留给大家一些菜谱

关于做菜，我还有话没写完。我有很多做了二十多年的菜，改良又改良，用心又用心。有些是看了书，有些是跟人学来的。做过多次后变成了我的风味。这些菜今后我不打算再做了，把做法留给诸位读者吧。

这种心情，以前我也体会过，那是小留宣布不再练习钢琴的时候。从大女儿到二女儿，再到小女儿，她们三人都用了那台褐色的猫腿钢琴。鹿乃子的大学专业是音乐，钢琴帮了大忙。小留是最后一个学的，越学越没精神，在老师和父亲的训斥下哭哭唧唧很不情愿地学，最终宣布不练了。我擦拭了无人再弹的钢琴，合上琴盖，掉下眼泪。钢琴啊，这么多年有劳你守护孩子们，谢谢你。

先留给大家土豆沙拉。日式菜谱的典型做法是用叉子背压碎土豆，或者滤出土豆泥。根本不是这样。一定要买压土豆泥的专用器具。用这个器具压碎刚煮好的土豆，不要粗暴碾压，不能胡乱转圈，要有节奏，轻快地律动，心里带着爱意，把空气搅拌进土豆泥里。多放点黄油。然后就当在收拾整理冰箱里的乳制品，把切达奶酪、奶油奶酪和酸奶油都大胆地多放一点。若是担心热量太高，用鸡汤调味也可以，只是不香醇。

再留给大家粉红鲜虾意面。有一天，夫突然买回一台意面机，以及一台揉面机。最初是他一个人做给我们，后来成了我动手（让在家的女儿帮忙），做成类似日本棊子面似的意大利宽面条。我一直想尝试一下用日本的面汁[1]搭配意大利宽面条，不过没有真的做过。

先把鲜虾收拾好，切成小块。在100毫升白葡萄酒里倒入浓缩番茄泥。切碎洋葱和大蒜，用60毫升橄榄油炒香，把白葡萄酒番茄泥一口气倒进去（油会溅），稍微煮一会儿，放入虾段煮熟，所有这些取一半，用食品加工机打成稠浆，

---

[1] 一种调味汁，用高汤、酱油、甜料酒和糖调配而成。

另一半留在锅里，继续放入100毫升鲜奶油，稍微煮一下。装盘后撒上切碎的欧芹。

接着留下我的肉酱秘诀。洋葱、大蒜、胡萝卜切成碎粒，下锅煎炒，放入肉馅继续炒。接下来呢？要放牛奶，小火慢煮，煮到发白透亮时，再放西红柿酱，放能在手掌心堆起一座小山的干燥牛至或干燥罗勒，继续小火慢煮。

如果决定晚上要吃布里奶酪意面，中午就要开始准备。先把布里奶酪（或者卡芒贝尔奶酪）切成稍大的块，熟透的番茄切成一口大，小山那么多的生罗勒叶，以上这些用60毫升橄榄油搅拌到一起，蒙上保鲜膜，直接放到餐桌上，让罗勒、奶酪、橄榄油和番茄充分入味，吃时浇到煮好的斜切通心粉上，布里奶酪软得快要化开，想吃清爽口味的话，就多放番茄。

浓味鸡肉是我从母亲那里继承的。鸡皮朝下，先慢慢煎出鸡油。去掉油，在锅里放酱油、甜料酒、酒和砂糖，拍碎的生姜数块，几粒蒜，一些八角。盖上盖子小火慢炖。炖到肉变得极软，汤汁浓稠闪亮。快出锅时放进大量香菜，盖上盖子。因为香菜变软了，一次能吃很多。过去日本很难买到香菜，母亲只放了姜和八角。

我特别喜欢茄子、青椒和洋葱的乱炖，夫不喜欢吃。美国茄子涩味重，要提前三十分钟用盐水泡一下。将茄子、洋葱和青椒切成圆环状，平摆到锅里，放几粒蒜、100毫升葡萄酒、60毫升橄榄油、盐和胡椒，盖上盖子煮。等菜变软黏，既可以配米饭，也可以拌意面。

稍带日本风味的凉拌菜丝可以搭配任何菜。客人特别喜欢这一道。芹菜梗去掉硬筋，斜切成丝，用盐拌一下，变软后挤水。蟹肉棒撕成细丝，放入美奶滋、日本青芥辣和微量酱油，搅匀装盘。

还有很多，留不完的。我经常做的日本风味菜大多是跟枝元菜穗美学的，所以请枝元教吧。比如醋拌香煎鸡肉、油炸牛蒡豆腐沙拉什么的。

夫终生挚爱的牧羊人派是英国菜。先做好有颗粒感的土豆泥，尽量少拌油脂，炒好洋葱粒和肉馅，加上水煮番茄，放一点肉豆蔻和欧芹，做成比较大粒的肉酱，一层土豆叠一层肉酱，最上面铺一层切达奶酪，用烤箱烤。如果用大盆做这一道，我会偷偷往里面藏几个煮蛋。

至于蔬菜沙拉的沙司，我做了二十年，很有心得。但这个无法口传，必须体感。做沙司时要用整副身体，才能掌握好醋、盐、胡椒和油的分量比重。要用整副身体，才能拌匀这些东西。我经常在掌心里揉碎一点干燥龙蒿拌进醋里。如果买到日本黄瓜，会拍碎了放进沙拉。我在案板上"咣咣咣"地拍着黄瓜，夫走进厨房，会说"黄瓜做错了什么，你这么对待它"，每每让我笑出来。每天我都做蔬菜沙拉，其实我不喜欢生蔬菜，总是夫一个人在吃，边吃边夸"今天的沙司真不错"。

这些菜，今后我不会再做了。

那种感觉，就像我一个人"啪嗒"一声合上了沉重的钢琴盖子。

按摩的快感

我在健身房报的是每月赠送一次按摩的优惠课程,所以每月都有一天我赤裸地躺在光线幽暗之处,由固定的按摩师为我涂抹草木香油,做肌肉按摩。按摩师身兼尊巴舞教练。尊巴课上她活力四射,元气满满。最初我以为她三十岁左右,在幽暗处看惯后,又觉得她四十岁了,不对,还要再年长些。她汇聚了四十多年艰辛力量的手指驱走了我肩上的僵硬。在她的有力触摸下,我呻吟出声。

几天前,在她的有力触摸下,我体会到一种熟悉的感觉,性。不是不是,不是我来了性欲,或者是想和谁上床。不是的。是我感到了乡愁,我的身体正在被另外一个人抚摸啊。这种渴望和惆怅,我想诸位读者都能明确懂得吧。

我们这些六十来岁的女人，有几人还是床上的现役选手？还在大享床笫之欢？几乎没有吧？不瞒大家，我也不是。如果你问我，想做爱吗？不是很想。我当然想念肌肤相亲的亲密感，但是抵达肌肤相亲的过程实在太麻烦。就算最后到达做爱那一步，我这个年纪，女性激素锐减，阴道太干，估计做起来疼得要死。

回想四十多年前，我第一次……算了算了，要是从那么久远的经验开始说起的话，很多事不方便讲。容我省略。直接说说死去的夫。

夫不再年轻但还精神的时候，还有做爱的欲望，虽然有欲望，但因为年龄和各种病症，他实际上做不了。明明做不了却非要硬来的性事既没意思，又很痛苦。夫为此焦虑烦躁，悲伤，自责，迁怒于我。我说我知道了，我们不要再做了，他很生气。我安慰他，他也生气。他成了床上的一个黑洞……虽然有过这种时期，随着时间流逝，不知从何时起，我们两人都变得松弛而平和了。

有一天，夫感慨万千地说，我们之间的关系现在平稳多了呀。夫已经老到荒芜，我也老了，从外表上看，我们就是老爷爷和老奶奶，老伴儿。夫对性事彻底死了心，不再提了。我们花了很多时间终于走到这一步，过程艰难。我同意他的说法，现在的状态非常平和。

我想得意地轻笑。对夫来说，我是他经历过的最年长的女人吧。他这辈子想来交往过很多女人，像我这么老的他还是第一次吧。我年轻时经历了无数性事，与其说追求快乐，不如说我对男女关系有心理依赖，不做爱则无法自持。往昔那些性事，痛苦胜过快感。如今想来，那种性事就是一种自我伤害。

其实说起来，性这东西，就是你非常想做的时候，偏偏做不了。

这种错位伤害了我，也伤害了对方。无论我和哪个男人，做都是他想做，而我兴趣没他那么强烈。很多时候我忙得要命，没有做爱的兴致。我至今交往过的男人都是很为女性着想的人。我不想做的事，他们从来没有强迫过我。不过当我明言自己没有兴趣时，我的拒绝显然伤害了他们。

如果时间能倒流，我想重回当年，更多考虑一下对方的感受。不过如果真的时间倒流，我重新站到当年的位置上，毫无疑问，我依旧会拒绝，说自己没时间，太累没兴趣。人就是这么回事。性就是这么回事。等人老了，不再想做了，回首当年时，也会发现回忆中的性都尽情而快乐。性就是这么回事。

现在家里有克莱默，它是两岁的公狗，相貌凛俊，表情里没有松懈疲软，体臭熏人，莫名有种男人劲。我叫它的名字，它立刻跑过来，钻到我的胯下，要求我用两腿夹紧它，要求我摸它的屁股。都是些奇怪的要求，对它来说，这就是爱的表达吧。我当然会满足它。我对别人开玩笑说，哦呵呵呵，我现在家里有年轻公狗，哪里需要什么男人。其实不是这样的。是我在要求克莱默臣服。我说过来，它跑过来。我说停下，它停下。我说舔我的鞋……不，我没说。总之，与狗相处的要义是要求狗臣服于人。这和性事完全不一样。

我做按摩的健身房里有按摩浴缸，有普通桑拿和蒸汽桑拿，可惜都需要穿泳衣。我忽然有了念头，说不定这些地方的舒服劲和做爱差不多？去试了一下，不行。身体被温水激流冲刷的感觉和被人手抚摸的感觉不一样。两码事。

哎呀，所以再回到文章开头。我躺在幽暗之处，有人用不戴手套的素手用力揉搓我的身体。我呻吟出声，同时想到，这种快感就应该是特地为年老的不再做爱了的女人们准备的呀。

我没法告诉按摩师，她的按摩对不再性交的女人来说有莫大的安慰效果。虽然我没说，但我很想说，也想衷心感谢她。

夜夜扭扭舞

最近夜深人静，在工作遇到瓶颈时，我就会一个人做一件事。

我从 YouTube 上找出二十世纪六十年代的扭扭舞曲，在桌边放一面大镜子，一边跳一边确认镜中的舞姿。

说实话，我连一曲都跳不下来，只跳了一分钟，就大汗淋漓气喘吁吁。于是我改成跟着乐曲轻摇身体，扭扭腰。这样休息片刻，再次开始狂扭。我和众人一起跳尊巴时，能跳半个小时或四十分钟，一个人时就坚持不下去。

扭扭舞是最简单的舞，谁都能扭。只要扭动双腿就行，不用担心左腿和右腿没扭到同一方向，上半身和下半身的动作不一致也可以。

跳过一阵扭扭舞后，全身肌肉活动开了，像泡了温泉一样舒服。我长长地呼出一口气，再次开始工作，狗在一旁看得目瞪口呆。

我是通过尊巴知道的扭扭舞。尊巴基本上是一种有氧健身操，糅合了桑巴、曼波和伦巴舞步，也能从中找到嘻哈、探戈、草裙舞和肚皮舞。几乎所有舞都在里面，恨不得只差日本的盆踊。尊巴里当然有扭扭舞，我试了一下，感觉非常好，而且很怀旧，六十年代的回忆纷至沓来。

我想很多读者在六十年代还没有出生，有六十年代记忆的人不多。所以恳请大家，就当是个老奶奶在讲过去的故事吧。我以前也偶尔用这种口气讲话，那是为了俏皮。现在真的老了，俏皮不起来了。

六十年代初，扭扭舞开始大流行。我先说清楚，这和世良公则[1]毫无关系。为了写这篇，我找了世良过去的视频，他的动作帅到令人叹息。过去我完全不知道他，因为他走红时我正忙着育儿和工作。当然这些是题外话。

六十年代初，我还是小孩，父母是老实本分的工人，

1　世良公则（1955—），日本演员，歌手。

所以我的生活里没人跳扭扭舞。不过我看见过大人跳扭扭舞的舞姿。

应该是从电视上看到的。

我四五岁时，即二十世纪五十年代末刚进入六十年代初那个时期，依稀记得家里买来电视机的那一天。最高兴的不是我，而是父亲。父亲后来简直粘到电视上了。说到父亲，我先想起电视机。说到电视机，我立刻想起父亲。父亲太爱看电视，死之前一直粘在电视机前。

父母允许我看一些儿童节目。我记得看过《蔬果村》[1]和《三只小猪》。现在我努力回忆起那时都看了什么，喜欢过什么，可惜记忆和我已经昏花的老眼一样，模糊成了一片。核桃和花生的脸和声音变得朦胧含混，想不起来了。不过我记得有一个日本民歌的指挥叫微笑小原。这人总是笑嘻嘻的，穿着西装，仪态潇洒，舞步丝滑。现今想来，在他的指挥下，The peanuts（花生姐妹）、植木等和鼻肇等人跳的可能就是扭扭舞。

这些事早已成了往昔。

---

[1] 1956—1964年日本NHK电视台播放的木偶剧，蔬果村和核桃树。主角是花生花子和核桃桃子。

这些就说到这里，没头没尾的。我就是想说，大家都去跳扭扭舞吧。

给不知道怎么跳的人介绍一下学扭扭舞的四个阶段。

先把胳膊摆到胸前，不是抬手哟，就当用胳膊在胸前搂着一个大球，手轻轻握成拳，左右扭腰。

第二，腰稍微下沉，微微弯曲膝盖，让膝盖和腰一起扭。这样就有了扭扭舞的基本形状。

第三，腰更下沉，让膝盖支撑起体重，左右扭动膝盖，身体重心放到脚后跟，左右扭动，身体横移。

接下来，扭动身体，脚跟扭出"8"字，能做到这一步就已经跳得很好了。而且运动量很大，我跳两下就会气喘吁吁。

上面是正统的六十年代扭扭舞，现在不是六十年代，我们也不年轻了。所以怎么跳都是好的。喘不上气就停下来，只跟着节奏，扭扭腰，光扭腰就行。大家扭扭看嘛！这就是凯格尔运动的动作。一边扭，一边有意识地提肛，收紧阴道，大家多做几次试试看。

扭腰锻炼腰部肌肉也好，提肛收阴也好，都是为了我们的今后，毕竟等我们七八十岁了，很容易摔倒和漏尿。

音乐就用扭扭舞始祖 Chubby Checker（恰比·切克）的音乐，YouTube 上要多少有多少。六十年代人的动作很容易模仿，当然难的很难。

所以我写本篇，是想给大家展示一下深夜我一个人对镜狂扭的模样。

豆沙难戒

其实我有糖尿病。

这几年来，我血糖值偏高，体检时总被医生提醒。前一段体检时好像是血红蛋白的数值终于上升到了6.5，我患上糖尿病成了不争的事实。夫死之前，我忙得不可开交，一直没留意，现在才深深感到疾病的可怕。

美国是家庭医生制度，不管是湿疹、膝盖疼还是感冒，只要不是妇科问题，都要先看家庭医生。妇科可以直接去妇科医院。

最开始我选医生时，看医生的姓氏像是日本人，见了面才知道她不是日裔，而是与日裔结婚后改了姓的年轻欧洲女性。这位医生开朗而和气，和她打交道我很开心。

这几年来，医生很关心我的状况，总说我距离糖尿病只差一步，命令我每半年做一次检查。我现在越了线，成了糖尿病患者。

医生看着我的检查数值说："虽说是糖尿病，目前的数值无须吃药，但你必须注意饮食，要多运动。不能吃精米饭、白面包，可以吃糙米、全麦面包或者杂粮。"我说我在跳尊巴舞，以后医生每次看见我都要确认一下："尊巴还在跳吧？"

我说我工作时戒不了巧克力，医生说若是黑巧克力就没问题。

我说我工作时戒不了豆沙点心和羊羹，医生说少吃一点还是可以的。估计她不知豆沙点心和羊羹是什么东西，才敢这么说。

"酒要适可而止。"这个没问题，本来我只喝到适可而止的程度。

上次体检，血脂数值也高，医生建议"肉蛋奶也要适可而止"，我坦率接受了建议，不知道该吃什么了。

戒不了鸡蛋。我说我超级喜欢吃鸡蛋。医生说："只要不是一天吃六七个，就没问题。"实际上前一阵子，我一天

豆沙难戒

六七个鸡蛋轻松下肚，现在稍微减了数量。

我非常喜欢吃鳗鱼。鳗鱼不仅油脂多，而且一定要配精白米饭。幸好医生不懂鳗鱼饭是什么东西。幸好她还不懂鲑鱼子盖饭和鳕鱼子饭团是什么东西。我喜欢吃辣的明太鱼子，更喜欢不辣的鳕鱼子，最喜欢稍微烤一下再吃，从前母亲给我做的午饭便当里常有这个……医生肯定不懂这些。

医生非常懂的，是我的家族病史。我的病历开头清楚地写道：

母亲有糖尿病（导致四肢麻痹卧床不起）。一个姨母有糖尿病（还在世，需要做血液透析）。另一个姨母有糖尿病（在做透析）。和我关系很好的一个堂兄弟从小就有糖尿病。

"不管你怎么生活，糖尿病的问题总会出现的。"医生说，"先用食物疗法和运动调整，不要让现在的数值继续升高，就还能维持健康。"

最开始我一点危机感都没有，后来越详细了解越害怕。因为我清楚地看到了母亲和姨母的死因和病状。姨母虽然还活着，但现在生活极其受限。

我现在摄入的精白米和砂糖会影响我的未来，一想到这些东西将导致我走上母亲姨母的那条路，就感觉真的不能再吃了。

母亲那一支有家族糖尿病史，她们都是高个子，我母亲和一个姨母很胖，另一个姨母并不胖。

父亲一支都是结实的小个子，四方脸，开朗性格。

母亲住院离家后，独居的父亲手边永远有一盒巧克力，随时在吃，却不见发胖，至死与糖尿病无缘。父亲死后，有段时期我和父亲一样，手边永远有一盒巧克力，随时在吃，认为糖分和可可脂能让我在工作时头脑清醒，现在想来，是我对父亲的思念，也可能是遗传基因让我这么做的。这就是我对父亲的爱的供养。

我体形像父亲，五官像，性格也像。我以为自己这么像父亲，就能与糖尿病无缘。实际我的身体里毫无疑问混合着母亲的体质。

所以我的未来就是，带着慢性糖尿病，一步一个脚印地老去。像母亲和姨母那样老去。

我感觉自己掉进了遗传基因的围捕陷阱，脖子被什么牢牢钳住了。家族，家族墓，母亲、祖母和姨母流过的经血在钳住我,在训诫我。

是我老了,该来的已来,轮到我还债了,我认命,同时觉得,按照命数活下去也不是什么坏事。

清算过去

今年夏天,我在早稻田大学讲了大课。"社会性别与文学"的课名听上去很大气威风,实际上是我走投无路、摸石头过河讲的一次课。据说我的人生态度挺性别主义的。但我从来没把自己的活法当作课程教授给别人过,也没当过老师。不对不对,我当过老师。

其实我有教师资格证,初中和高中的国语教师资格。年轻时,有几年我以这个糊口。

老年人的往事总是很长。

大学刚毕业时,我参加了各种教师招聘考试,都落选了,好不容易才抓住一个埼玉县招募临时教师的机会,进了浦和市的某中学,还当了班主任。当时我初登诗坛,忙着写诗，还第一次有了恋人（对方有家室）。那是烦恼不堪的一年，我的心不在学校。

父母让我第二年继续考正式职位，我也有同样打算。进考场前一天，诗人聚会，我本来就不胜酒力，喝醉了，半夜酩酊回家，被父亲痛骂。他从来没有发过这么大的火，还动了手，甚至到了需要母亲阻拦的地步。第二天我酒没醒，没去参加考试。如今想来，可能我本来就不想参加考试，就是说，我不想按照父母的意愿活。

现在设身处地想一下，如果我女儿做了同样的事，我肯定痛心无比，会对女儿吼："你在想什么啊！"现在我才深切地明白，当年我真的令父母失望了。他们肯定拿我一点办法都没有。

十年前，二女儿沙罗子遭遇危机时，我对父亲说："真不懂沙罗子怎么想的，拿她没办法。"父亲告诉我："就和你当年一模一样。"一句话令我感慨万千。

我的"不知怎么想的"时期持续了几年。临时教师只能签一年合同，校长表示愿意为我介绍其他学校。我拒绝了，从此浪迹社会，做过杂志编辑（我不适合做编辑，最后被解雇了），当过补校老师，我的高中恩师实在看不下去，才帮我找了这个工作。以前我当教师时一个人住，后来弹尽粮绝，搬回父母身边。那段日子实在是人生谷底。

我与已婚男的感情陷入泥沼，我做了人工流产，和他分手之后，我冲动之下闪电结婚。闪婚不可能幸福，我立刻离了婚。虽然那段婚姻只持续了几个月，离婚的滋味依旧非常苦涩。我又一次做了人工流产……那时我总是没钱，离婚后想独居，但因为无法生活，还是回到了父母身边。我一会儿胖，一会儿瘦，抽烟，吸大麻，烂醉如泥。就是在那时，我认识了这辈子的好友枝元菜穗美。我开了诗歌朗读会，出版了诗集，出版社让我继续写，我继续写了，但不像现在这么有表达的欲望，也不是非写不可。让现在的我回首评价，我一定觉得年轻的自己懒散而没耐性。那时我只是拼命想找活路，只是没有停笔。那真是一段茫然漆黑的日子，只有脚边一点微弱的光……对吧？我想大家也是这么过来的。

就在我回忆往事的时候，因为更新护照，我从日本申请了户籍誊本。

我的户籍本籍落在东京都板桥区某町某番地。祖父母生前住在这里，我的父亲母亲的本籍也在这里。我与Ｎ先生（鹿乃子和沙罗子的生父）离婚后，没有把户籍放回父母家，而在相同地址上以我的名字开了新户籍。因为我觉得，无论今后流浪到何方，也不可能忘记这里。

出乎意料的是，我手里这份户籍誊本上，不对不对，这种文件现在改了一个奇怪的名字，叫作"全部事项证明书"。全部事项证明书上，没有注明我在开设新户籍之前的事项。这就是说，我第一次的结婚和离婚，第二次与N先生的结婚和离婚，在证明书上都没有显示。我和N先生的关系倒好说，因为证明书上写着我的新户籍是从N先生名下转过来的；住在二楼的沙罗子也证明了N先生确实存在过。问题是我最初的婚姻无迹可寻。

莫非这第一次，只是我以为自己结婚了，实际上没办正式手续？抑或那个我记得叫藤原的男人，是我妄想出的人物？我们的婚礼只有少数亲人参加，仪式上父亲因为过分紧张而闹了肚子，场面十分危急。那人是北海道人，我们去过他老家，他祖母对我特别好。新婚刚一个月，那人就开始夜不归家，我很痛苦，为了驱散痛苦，我喝酒，呕吐。难道我依稀记得的这些事，都是噩梦中的情景？我记得那人的名字，至于其他，比如长相、声音、存在，都雾茫茫的。

如此说来，我和N先生结婚时，我是二婚，他是初婚，对这个我一点都没介意过。所以第一次婚姻真的是我的错觉？或者只是我漫不经心……好了，先写到这里，下篇再续。

户籍证明的难解之处／

上篇说到我在早稻田大学讲了大课，然后谈起往事，有点收不住了。

我发现户籍誊本上没有显示我的前两次婚姻，我很不安。前几天我去东京时，顺便去了板桥区役所，对工作人员说："那什么……我记得……我年轻时结过婚又离了婚，但怎么也想不起来了。要怎么查询这种事呢？"工作人员听完我冒傻气的提问，压低声音告诉我，去申请一份父亲名义的"改制原户籍"就可以，还耐心讲解了这是什么东西，如何申请。

我有点耳背，最近正想买助听器。如果有人压低声音和我说话，我只能听见一片混沌声响，听不清细节。虽然工作人员是好心，但我还是告诉他："请你大声说吧，我不介意别人听见。"麻烦他大声重复了一遍。这让我想起从前我还有月经的时候，去便利店买卫生巾，年轻男店员出于好意想用纸袋帮我装好，我告诉他："不用装进纸袋，这样就好，理所当然的事不需要遮掩。"

再说回"改制原户籍"证明。我拿到一看，我确实结过两次婚，离过两次婚。

昭和某年某月某日和某某登记结婚某某区长证明并告知同区某町某番地以丈夫名义登记新户籍原户籍除籍 ㊞

昭和某年某月某日与丈夫藤原氏协议离婚登记某某区长证明原户籍为某町某番地 ㊞

昭和某年某月某日与西氏登记结婚某某区长证明并告知同区某町某番地以丈夫名义登记新户籍原户籍除籍 ㊞

第一次婚姻生活中全是痛苦。我在心底深处想过，如果那只是一个噩梦或错觉，该有多好。

其实我不是第一次申请"改制原户籍"。

母亲死时，她银行账户里还有钱，我去银行办手续，没想到手续极其烦琐。他们让我提交母亲的户籍誊本等证明。账户里有二百多万日元，我无论如何也想拿到，而父

户籍证明的难解之处　203

亲不顶用，母亲的死让他失魂落魄，连帮我做点什么的想法都丧失了。我提交了"我是父亲的代理人"等一系列证明文件，因为我不住在日本，还得去洛杉矶领事馆办各种手续。历尽辛苦，我弄齐文件，提交给银行。未料母亲的户籍记录里有一部分是空白的。为此我又去了板桥区役所，户籍科的人告诉我，空白是因为很多记录在东京大空袭时被烧毁了（母亲出生于东京下町的浅草，在本所长大）。我将此结论告诉银行，银行工作人员却让我去相关政府部门申请一种"不曾做，不存在"的证明。我一股火蹿上来："叫你们上司过来，我要和他讲讲道理！"见我不好惹，银行才没再多事，让我取走了母亲的存款。

就在办手续时，银行告诉我，除了这个账户，母亲还有一个隐藏账户。父亲也不知道这个，我们找不到存折。银行说，要想取出隐藏账户里的钱，还要办一套手续。我问里面有多少钱，答曰五百八十日元。我小声对工作人员说"算了，麻烦你们就当这个账户不存在吧"。他们不同意。于是我又提交了一堆东西，申告存折已遗失，我妈死了，我妈确实活过，我妈确实是我妈。当我取回五百八十日元时，那种空虚而荒唐的感觉，别提了。

那之后我说服了父亲，经他同意，把他的定期存款改成了活期，还经他同意，我办了网银，可以登录他的账户。

每件事我都征得了父亲的同意。这是我与衰老而独居的父亲相处八年学到的教训。虽然父亲不介意，但凡是我擅作主张的事，结果都不顺利。而我拿出女儿尊重父亲的态度，先由父亲点头同意后再去做的事，都事事如意。

总而言之，在父亲死后，我以为能一次性取完他账户里的钱，实际上不行（原因忘记了）。没办法，我用他寄放在我这里的银行卡，把钱一点一点地取出来，存进了我的账户。父亲死后我哭了很久，但做这事时，用手背擦掉了眼泪。就这样，母亲死后我经历的麻烦和荒诞，这次都躲过了，不用向谁提交什么父亲死了、父亲在这个世界上活过、父亲真的是我父亲、"不曾做，不存在"等证明，不必再次经历卡夫卡小说式的荒诞。不过，最后我收拾房子，处理年金的时候，手续还是非常烦琐。

经历了这些，我才知道，一个人（或两个人）生生死死之后的收拾处置非常麻烦。所以我很平静大方地告诉过女儿们，我死后会有一大堆麻烦事留给她们去做，要做好心理准备。

　　糟了,我本来想写早稻田大课的事的,又扯远了。我想到哪儿写到哪儿,结果总是这么散漫。

干脆回去吧

住在二楼的沙罗子养了一只小狗崽八哥,养几个月了。八哥鼻子又平又瘪,凸出来的圆溜溜的大眼睛分得很开,舌头向上而不是下垂,说是狗,更像看门的石头狻兽。我第一次接触这种小狗,最开始觉得不可思议,它也叫作狗吗?现在习惯了,慢慢明白了其可爱之处。

八哥刚来时,沙罗子两人过分宠爱它,它整日躲在二楼不露面。现在狗长大了一些,相当于人类的小学一年级的孩子吧,每天下楼来玩。晚上沙罗子抱着它上楼,还替它跟我打招呼:"外婆,明天见。"

就算我有真正的孙辈,也不愿意他们叫我"外婆",而用一个不太自然的称呼"巴巴"代替。没想到,一只小狗居然叫我外婆。

"我什么时候给狗当外婆了。"我问沙罗子。"很简单啊，你是它妈妈的妈妈，外婆。"沙罗子很坦然。虽然我不服气，一来二去，我跟八哥说话时，不由自主地开始自称外婆了。

那么楼下的狗们是什么反应呢。尼可生气地低哼，克莱默拼命地忍，只有费恩开心坏了，和八哥黏在一起，脸颊和耳朵被八哥没完没了地咬着，两只狗厮混个没完。

费恩就是前面提到的克莱默的密友狗。费恩和克莱默每天早晨一起散步，然后一起回我家或朋友家，玩一天后，傍晚才回自己家。第二天早晨在公园里，两只狗仿佛久别重逢，大声叫着"我想死你了"，隔着很远就飞奔着冲向对方，高高跳起，在半空中相撞（相当于人类的拥抱）。费恩不来散步时，克莱默总是在公园门口默默等待，我告诉它费恩不来，克莱默照样凝视着费恩家的车驶来的方向，不肯走开。据说费恩也是同样的反应。一想到要让相亲相爱的两只狗从此天各一方，我确实很心痛。

比起克莱默，我更烦恼的是尼可。尼可和我在一起十二年了（以我住在加利福尼亚的时间计算），共同生活了这么久，我必须扔下它吗？我每天都在想这件事。

扔下它，我要去哪里？

明年，我要回日本。

去早稻田大学教书，期限三年。

暑期大课真的很开心，我的授课方式很随意，称不上授课，学生们做了认真的吸收、思考和发言。日本有这么出色的年轻人，看起来还有救，所以我要去……不对不对，我倒是想这么说，可惜……

请大家翻看我前面写过的。在《现实》一篇里，我承认自从夫死后，生活失去了真实感。"我就算看了新闻，出去散步时想了很多事，这些都是真实的吗？没有人为我做证。"在《贫困的预感》里，我为沉重的房贷和税金哀叹："这就是一个以写字打短工谋生的无所属诗人的真实境遇。啊，寒凉沁骨。"

如果接受早稻田的工作，两个问题能一举解决。唯独，狗怎么办？

现在我临时不在家时，我让尼可待在家，把克莱默寄放在驯犬师那里。我若是离开三年，总不能让克莱默在驯犬师那里待三年吧。我希望沙罗子能接手克莱默，去和她商量了。结果几个女儿异口同声：留下尼可，带走克莱默！

沙罗子实际上在照顾尼可。"尼可原本就是咱们家的狗，一直在这里生活，我可以连它和八哥一起照顾。克莱默我可照顾不了。"

"妈妈，你总是这样，一遇到什么事就依赖别人帮忙。你拿出点责任心啊。为沙罗子想一想，是你自己想养克莱默的。"鹿乃子批评我。

"对，妈妈你总是给沙罗子添麻烦。"小留不甘落后，随声附和。

女儿们都一针见血。确实，至今为止每遇到什么事，我都依赖了前夫、死去的夫和女儿们，所以这次一句反驳的话都说不出来。

我考虑过带狗去东京生活。但是这样一来，除了在住处和大学之间的直线往来，我就没有其他生活了。

也考虑带狗回熊本居住。我在熊本有家。虽然每个星期坐飞机去大学上班很辛苦，但与至今为止的跨洋飞行相比，不算什么。只是我去东京上班时，狗怎么办？

就在我左右为难时，住在熊本的也在养狗的朋友主动提出，可以为我照顾克莱默。克莱默暂时有了着落，那尼可呢?

尼可现在上了年纪（就像死去的夫），总是气哼哼的，而且它有个坏毛病，总是在家里四处撒尿，不听人管，心里越有气，尿得越凶，这种状态怎么交给别人代管呢？

"你能等吗？在这里等我三年。"我说给尼可听。它不回答。它不能回答，这点常识我还是有的。

但现在，唯独现在，我太想听到尼可回答：

"我没事的，放心去吧。我等着你。"

修炼自我的修验道

现在我每天都在行走，走很多很多路。

是带狗散步。以前我也带狗散步，最近的散步超越了遛狗范畴，几乎像僧人的山岳修行。

每天都去的峡谷就在我家旁边。一条普通的住宅街走到尽头，打开门，便能看到空旷的荒地。这一带的"峡谷"不是普通的岩隙山谷，而是桌状方山围绕着的山谷，岩顶是平的，站在顶上，峡谷全景一览无余，心情非常舒畅。在方山顶上一直往西走，能看见大海和落日。向东走，能看到远方山巅的月升。走下谷底，再走回方山顶，在顶上走一段，再下去，再上来，重复两三次，大约四公里，走一个小时。每天我跟着狗，默默地走啊走。

每天这么走着，我对走路方式思考了很多，做了很多改善。攀登时最好大腿用力，下坡时碎步不容易滑倒。这一带几乎不下雨，土壤快要干燥成沙。

如果只脚尖用力，容易拖着步子走，抬不起腿。年轻时母亲总是批评我拖着步子走路。她批评她的，我拖我的，我那时就是想和她对着干。现在终于改了这个毛病。因为拖着步子走路容易绊倒，尤其是在疲惫时。不过走累的话，腿更难抬起，这时只要将股关节分开一些，脚就容易抬起来了。尊巴里常有分开股关节的动作，只要分开股关节，下腹即丹田部分就会自然而然地蓄力，脊背会跟着挺直。我就这样挺直脊背，目视前方，动员脊背和屁股上所有的肌肉，迈步向前。

移居加利福尼亚之前，有一次在外面我偶然看见父亲，问他去哪里，他说："你妈差遣我去电器行买点东西。"那次我发现，父亲在前倾着走路。

现在我走在路上，有时不由自主地发现自己也在前倾着走路，就像当年的父亲。脊背弯了，头向前探着。当察觉到时，我就会立刻挺起胸，纠正姿势。

我散步时的打扮是头上一顶日本制造的遮阳帽，牛仔

修炼自我的修验道　213

裤，T恤衫（这边很暖和，可以说很热），脚下一双运动鞋。为了空出双手，我肩背着狗的牵引绳，就像枪手背着子弹袋。巢鸭[1]拔刺地藏的参道上也有很多这种打扮的老女，她们戴着帽子，背着双肩背包，佝偻着身体。

一年前在其他地方，我以为没事，刚迈出步就从山崖上滑下去了，伤到尾骨，静养了几星期。快痊愈时再次摔倒，看来我的运动能力确实不行了。很多事以前能做，现在做不到了。不过反过来说，我有了锻炼身体的目标。比如，一个月前需要途中休息几次才能气喘吁吁地爬上的高坡，现在一口气就能上去，上去之后我有了兴致，想继续走下去，于是步行距离变长，速度变快。回家时大汗淋漓，墨镜被汗水弄得雾茫茫的。我就那么无言地走路，上坡，下坡，说是在带狗散步，感觉更像一种修行，所以我想起了被称为修验道的山岳修行。

我有修行的心理准备，可是尼可没有。尼可很快就跟不上了。我带着它出去，它就像维尼熊的好朋友屹耳驴子似的，愁眉苦脸，垂头丧气，磨磨叽叽。我只能抱着它走，虽

1　东京地名。巢鸭因为聚集了众多老年人喜欢的商店，被称为老奶奶们的时尚中心。

然它只有四五公斤，但抱一会儿就重得抱不动，后来不带它了。傍晚散步时，我先去附近公园让尼可满足，然后把它送回家，只带着克莱默去方山峡谷。

也许大家想问，这么麻烦，你图什么呢？

一个月前，我在峡谷里听到草原狼呼唤同伴的嚎叫。所谓远吠。就在我们散步的方山对面，草原狼发出远吠。我在加利福尼亚度过二十五年悲欢岁月，第一次听到草原狼的嚎声。这次没有看到它的身影。

起初我以为是哪里的狗在长嚎，然后反应过来是草原狼。那嚎声比狗的更高亢，更哀伤。克莱默逞强地对着叫，草原狼没理会。我们一路走下方山，绕到山脚下了，它依旧在独自长嚎。

那声音始终回荡在我耳中。我忘不掉。所以我每天都要去那里。没想到在此地住了这么多年，现在快要回日本了，才终于听到我一直想听的嚎叫。听过一次后，还想听到更多，我焦灼地寻觅，期待着那嚎叫，可惜自那以来，再没有听到过。只是我脚步不停地寻觅时，感觉到了行走的快感，最终让行走变成了修验。

丢失与寻找

我永远在找东西。永远在找，意味着一直在丢失。有的是失落了，有的是随手乱放，有的忘了放置地点，所以我永远处于"啊，怎么不见了，放到哪里了？"的焦虑状态。

我以为其他人都和我一样。我想错了。死去的夫和我生活了二十五年，只有两次找不到东西。即使暂时找不到，他也知道东西大致在何处，最后总能找到。我有那么多朋友，没人像我总在乱找。

我经常看见沙罗子到处找钥匙。大女儿鹿乃子经常丢失各种东西，比如钱包什么的。这是遗传吧。但我从不记得父亲和母亲大喊"啊，怎么不见了，放到哪里了？"，也许丢三落四只是个人特性。

需要寻找的东西，即必须用到的东西，所以会找。当察觉到东西不见了开始寻找时，我脑中就会走马灯似的回想起从前发生的同类事件，预想一个最坏的结果。

至今为止，有些东西找到了，有些东西没有。找不到怎么办呢，给信用卡公司打电话，停用旧卡，申请新卡。去驾照中心，申请新驾照。眼镜的话，先临时买一副，再去眼镜店定做新的。钥匙的话，用相同的再配一把新的。要是车钥匙，就先找急救公司帮忙，之后再配新的。

至今为止最棘手的"找不到"，是找不到美国绿卡，以及护照。这种东西如果弄丢了，就不能在那儿待了，或者去不了别处。需要提交烦琐的文件才能领到新的。相比之下，丢失驾照和信用卡的手续简单些，很多人都会弄丢这些。

前不久，我在日本弄丢了日本的银行卡，想申请新卡，却申请不到。不对，正确来说是可以申请，但如果没有日本常住地址的话，则没有办法领取。算了，虽然不方便，但我就算没有卡也能活下去，而且，现在丢了意味着以后将不再遗失，倒也是个优点。

我在东京时，总是事情太多，时间不够用。几分钟之后必须出发，这种时候偏偏找不到东西，脑子里就会浮现出最糟糕的结果，就会逼真地想出各种不方便的细节，于是骤然浑身大汗。据说这是肾上腺素在起作用。自从闭经以来，我始终和更年期一样感觉太热，我以为是全球变暖的缘故，实际原因，是我总在心慌慌地找东西。

最近我住在东京的好友枝元家里，找了眼镜、iPod、Kindle（电子阅读器），不止一次找了钱包，还有袜子和钥匙。

眼镜是我忘在羽田机场座位上了，已申请到付快递。Kindle找到了，iPod还没有，可能真的弄丢了，第二次弄丢。钥匙找到了，幸亏没丢，因为是枝元的钥匙。钱包还是不见踪影。

很久以前，三个女儿还全部住在家里、夫也还健康的时候，我找不到钱包，就重复了一遍自己购物回家后的动作。嘴里念叨着我先进了门，放了包，把买来的东西一件一件放进冰箱。念叨到这里我打开冰箱，里面躺着我的通体冰凉的钱包。

我嚷嚷着找不到袜子，枝元塞给我一双。我嘴里说着谢谢，手上拿着袜子，去找别的东西，连这双袜子也随手放得找不到了。

末期症状。没救了。

不仅仅是找不到东西，我在寻找过程中，还会把包翻乱，必需之物只有平摊开，才不会遗忘。我是客人啊，暂住在别人家里，却把人家的桌上和地板上占得满满的。枝元收留了我，没有一句怨言。

还有一个相关的苦恼，我总是烧焦锅，烧干水壶，就是说我总是忘记关火，曾烧干过枝元的一个水壶。

加利福尼亚家里的三个水壶被我弄坏之后，夫无言地买回一个电动热水壶。自那之后，水壶保住了性命。但锅子依旧未能逃脱被烧坏的命运。我洗了又洗，刷了又刷，也弄不掉焦黑，可见焦到什么程度。其中有夫的酷彩铸铁锅，我没告诉他，只悄悄把它藏进储物室，现在还在那里。

什么最容易烧干锅呢？煮南瓜以及奶汁炖菜类。因为水多，所以容易粗心大意。我开着火去工作，结果忘得一干二净。如果只是烧黑了煮的南瓜倒还好说，多洗几遍，刷一刷，泡热水再刷，多少能挽回一点锅子的颜面。若是肉烧焦

丢失与寻找　219

了，焦黑纤维死死粘在锅底上，我都没勇气看。

唉，我已经看到自己衰老而去的样子了：总是在丢失，遗忘，寻找，不甘心地嘟嘟囔囔，焦虑之下抖乱了焦黑的头发（原本是白发，烧坏锅熏黑的吧）。

内向的人们

有一种十六型性格测试，原本是英语网站上的，也有日语的。忘了哪个女儿觉得有趣，给我发过来，我花了十几分钟回答了很多问题。和准不准无关，此测试能相对准确地看穿一个人的性格。

比如我的结论是这样的：外向大于内向，凭直觉行动大于冷静观察后谨慎行事，情绪化大于理论化，期待未来会变好大于在现实中做谨慎判断，坚持自我大于随波逐流。

太对了，这不就是我吗？

我觉得有意思，就传销似的发给周围的人，让他们也做了。由此发现我的家人，无论哪个家伙（忍不住想爆粗口）都是内向型人。

说到内向型与外向型的分类，我是85%外向，15%内向。那么鹿乃子……去他的，太麻烦了，直接罗列一下这群内向鬼的数值。

鹿乃子。85%内向。与我正相反。

沙罗子。95%内向。和我估计的一样。

小留。76%内向。比那俩稍微少点。

鹿乃子的丈夫。天啊，100%内向。

沙罗子的伴侣。70%内向。比较平衡。

数值也太高了吧。简直愕然。

前一段鹿乃子的大女儿过生日，我们全家都去了，顺便帮忙举办生日派对。那时还没有八哥狗。克莱默去密友狗家了。我只带去了尼可。

派对上来了几十名客人，还有很多小孩，几乎都是外孙女小U在日语幼儿园认识的小朋友。小朋友的父母大多会说日语，对我来说，派对气氛十分轻松。众人聚在小小的院子里，热闹而开心，请大家想象一下在小孩塑料泳池上抢流水面的那种热闹劲（因为是夏天）。

派对进行到一半，主角小U（一直在期盼这场派对）不堪忍受主角的重压，哭着退了场。她年龄太小，还做不了性格测试，如果做的话，肯定是80%到90%的内向。小U爸爸不愧是创下100%内向记录的男人，陪着女儿进了房间就再没出来。

二女儿沙罗子的内向度排行第二，最近她在职场和伴侣的影响下，经验值上升，看上去有模有样，活泼可亲，帮人干活，与客人交谈。正当母亲我感动地想，女儿终于长大成熟了的时候，她也偷偷躲起来了。沙罗子的伴侣在一家人里算是外向的，他和95%内向的沙罗子相亲相爱，就冲这份热恋度，沙罗子去哪儿，他就跟着去哪儿。

再说小女儿小留，除了混血外表外，她的身高、体形、发型和性格都与我如出一辙。按理说她比两个姐姐外向，但也不知何时躲起来了。所以，作为鹿乃子家庭代表与客人热聊的，就剩了我一个。

不对，我身边还有一个尼可。尼可就像它名字的日语意思，总是笑嘻嘻，活活泼泼的，社交明星一个，它一边被众人夸奖"太可爱了！耳朵好大哟！"，一边给众人斟饮料，端送好吃的……怎么可能呢！

我去寻找我失踪的家人。全员，坐在房间里的沙发上，和小U一起看着镇静心情的电视节目。

内向的人们　223

就在几天前,我快要回日本了,和往常一样,想把克莱默送去驯犬师家。他告诉我,他要搬家,不能帮忙照看克莱默了。沙罗子和伴侣每天工作到很晚才回来,即使能给克莱默喂食,带出去散步也是不可能的。密友狗费恩家短期还可以,长期不行。常去的动物医院倒是有配套的犬舍,然而克莱默仅仅听说要去医院,就吓得瑟瑟发抖,别指望送它去犬舍。我找了很多能白天上门照顾狗的遛狗师,以及能短期寄养的人家,找来找去,得知有一家托狗所,就像人的托儿所一样,早晨送过去,在那儿吃过午饭,睡个午觉,傍晚接回家。

我带着克莱默去参观。那里像一所大型遛狗场,工作人员年轻而热情,感觉很不错。当场决定让克莱默试一下。工作人员带着克莱默进场,我去办公室问一些具体的事情。十分钟都没过,工作人员带回来一只灰溜溜的克莱默。它一见我就扑过来,再不愿和我分开。工作人员说:"这孩子太内向了,在这里找不到位置。"这就是说,人家不想收我们。

性格内向……我家尽是内向的人,这我已经习惯了,万万没想到,克莱默啊,连你也……如果让前夫、死去的夫、死去的父亲和母亲都做一下性格测试，估计内向度都很高。

如此想来，我这半生，是受制于内向者内向性格的半生。真是受够了。不行，我要掀桌，把一桌子内向人和内向狗都掀得远远的。

进口一只狗

距离回日本教书还有一段时间。有些事不能掉以轻心，不然就来不及了。

尤其是狗的进口手续。

"进口"是专业术语，从日本政府工作人员的角度来看，我把克莱默带回日本，即进口。父亲死后，我把父亲的狗路易带到美国，做过一次"出口"，所以知道大致程序。

路易是一只巨大的蝴蝶犬，是它从感情上支撑了父亲的八年独居生活。它在父亲的过分宠爱之下变得很没规矩，以为自己是家中的大王，谁训斥它，它就冲谁龇牙。父亲吃饭时，它想跟着吃，会不停地叫，作为家养狗，它再差劲不过了，尽管如此，它与父亲相随相伴，让父亲感觉身边有活物的温暖。从这点看，无论我怎么感谢它，都感谢不尽。

父亲喂食太多，加上运动量不足，路易成了一只肥狗，一星期要发作几次癫痫，心脏和胰腺都不好。我经常想，万一路易死在父亲前面，那可怎么办。

幸好父亲先死去，路易跟随我去了加利福尼亚。它和普通狗一样，一天散步两次，吃普通狗的食物，减了肥，癫痫也很少发作了。离开父亲身边，路易不再在人吃饭时乱叫，性格变得温和沉稳，又活了两年之后死的。

路易和父亲在一起时，总跟在父亲身后转，仰头看着父亲的脸。来到我家以后，它也总跟在我和沙罗子的身后，亦步亦趋，随时仰头看我们的脸。"好了，你的工作已经结束了，不用这么紧张了，放松吧。"沙罗子曾对它说。

虽然我做过路易的出口，然而进口的手续复杂得多。从有狂犬病的美国带一只狗进无狂犬病的日本，日本对此管理非常严格。

听说，过去狗进日本的时候，需要在检疫所停留几十天。几年前（至少是十二年前……这个之后再细说）日本改了规则，只要提前准备好烦琐的手续，就可以人犬同日入国。

有多烦琐呢？要在狗身上植入芯片，注射两次狂犬疫苗，抽取血清，去指定的检疫所检测狂犬病抗体。如果抗体数据合格，再静等一百八十天，并在进入日本的四十天前，向日本的检疫部门提交申请书。离开美国之前去兽医院做检查，医生判断没问题后，狗才可以上飞机。

十二年前，不对，十三年前，夫那会儿还活蹦乱跳，我和他大吵了一场（我们总在吵架，这次格外激烈），我认真地考虑过阵前逃脱。如果我逃跑，那狗怎么办？我做了调查。当时我养着一只叫小茸的狗。

这次，我和女儿们说起回日本教书的事，女儿们异口同声让我把狗带回去，我当场决定就这么做，是因为之前我做过调查，知道进口一只狗虽然麻烦，却并非做不到。

十二年前还是十三年前？不对，可能是十四年前，我真心考虑过带着狗回日本。

那时我再也不愿意在加利福尼亚委委屈屈地生活下去了。我是一个大活人，却没活出自己。我真心想要离开这个家，在附近租一处公寓。上面两个女儿已经成人单飞，唯有小留让我担心。我一直在想，不能丢下小留不管。不能丢下小留不管。不能丢下小留不管。夫会说，他也有亲权，他定会不择手段发出全力攻击，这件事毫无疑问将纠缠不清。与其如此，不如我在学校门口劫持小留，悄悄带她回日本。

2014年，日本也签署了《海牙公约》。公约中规定，夫妻离婚后，一方不能悄悄带孩子回自己的国家。我又想了很多。公约成立后，如果我离开那个家，之后如何生活。我只有用日语写作这一种技能，英语说得结结巴巴，只能找到最低工资的工作，不仅生活困窘，社交也变得有限，我的伤口将无从愈合。在这种生活里，和孩子见面就会成为唯一的盼头，我真要这么活下去吗？

总之，那一年我只在心里想了想，并没有付诸实施。不过，当年的向日本进口一只狗的计划，现在终于可以实践了。进口的烦琐程度远超出口，何况还是向日本进口克莱默。路易脸皮厚胆子大，克莱默可是一只内向型的细腻狗啊。我带它去兽医院抽血清，它都吓得浑身哆嗦，场面一时混乱。不过现在，我们已进入一百八十天的静候期。

回日本生活就是一项巨大的工作。书和衣服得带回去，得买新电脑。车怎么办，健康保险怎么办，要办居住手续，申请个人番号，要考虑的事情太多。还有最根本的，我能融入日本现在的社会气氛吗？心里没底。不过我把这些都暂时放到了一边，一心想着一件事，那就是怎么把克莱默带回日本，让它没有恐惧，安安稳稳、一步一步地适应在日本的生活。

拔毛

有种东西叫作体毛，长在我们身体的各个部位上。

最近我的毛长不出来了。比如腋下和小腿。以前很茂密，我拔过，剃过，脱过毛，现在不长了。

这事我早有察觉。过去我的桌子上、洗脸间里都放着剃刀，就是那种女用的、粉红色的剃刀。现在我有时想用，却一下子找不到。

我的腿毛不明显，加上一直穿牛仔裤，所以没剃过。二十多年前，我和夫去健身房健身，教练问我："为什么不剃掉？"他问得没有恶意，我听后也没有不愉快，只是觉得，哦，原来要剃毛啊。我还发现，教练是男的，毛却剃得很干净。自那以后，我没多想就开始处理腿毛了。

腋毛不一样。上到初中，我发现我体味重，有人觉得我臭，还发现腋毛越重体味越大，于是开始格外注意剃腋毛。同学告诉我，腋毛越剃越重（我猜她也在拼命剃毛），于是换成用镊子拔，用脱毛膏脱毛。

高中上到一半时，我的身体渐渐成熟，进入青春期，发育程度不可控，考大学的压力越来越压迫神经，我很迷惘，不知是该迎合父母与社会的期待，还是该更关注真实的自己。那时我总在下意识地思考"女性意味着什么"。我开始拔毛，不仅拔腋毛，还对身上其他所有体毛都下了手。眉毛，发际线的细小汗毛，阴毛，通通不放过。腋毛早已拔光，我甚至用镊子尖抠着寻找尚未长出的毛。

毋庸置疑，这是一种自伤行为。结果就是我经常发际线光秃秃的，脸上没有眉毛。不过奇妙的是，我不介意自己秃不秃，好看不好看，也没想过要停手。又过了一段时间，我开始写诗。那时写的尽是关于体毛的诗，人送外号"伊藤毛吕美"。那段艰难时期因为拔毛行为而变得丰富多彩。

那之后我经历了人生的高潮和低谷，经历了家人之死，经历了变老和激素变化，我有了很大变化，不知从何时起，除了腋毛外，我不再剃其他毛。再后来，连腋毛也不管了。

我之所以不再剃腋毛，既是因为老花眼看不清，也是因为做不了抬起胳膊低头寻毛的姿势。那时候我得了肩周炎，所谓的五十肩，在我身上就是六十肩，因为抬不起胳膊，剃腋毛？根本别想。之前我穿背心跳尊巴舞，后来改穿看不见腋毛的半袖T恤，就再没想过腋毛的事。

前一段过感恩节时，大女儿鹿乃子和小女儿小留回来了。二女儿原本住在二楼，用二楼的卫生间。鹿乃子和小留睡楼下，和我共用卫生间。我们挤在一起洗脸，当她们抬起胳膊时，我看见她们腋下都有浓密的腋毛。

据说最近的女权主义者不剃腋毛。两个女儿也不剃，令我惘然如隔世人。毕竟我年轻时，名叫黑木香的性感女优凭借不剃腋毛就能出名。现在最令我吃惊的是，年轻女人们都有浓密到粗野的腋毛，而我已经长不出来了。

毛的事说到这里还不算完。

老实交代，我的下巴上有时会长黑色粗毛。以前可没长过这种东西！我一发现就当即拔掉，毫不留情，就像对付蟑螂。因为拔得早，所以不知道如果放任不管，这玩意儿能长多长。

不光是下巴，还有眉毛。最近我的眉毛不是老婆婆型

拔毛 233

的，而是老爷爷气十足，又粗又长。

从前我没认真收拾过眉毛，顶多剪掉长过界的毛，最近老花眼，不戴眼镜看不清眉毛，戴上眼镜又遮住了眉毛。每次发现特长的眉毛，也都有撞见蟑螂的感觉，会摸索着费劲拔掉。足有五厘米长啊！不，没有没有，别听我夸张。两厘米已经不得了了。我的女性激素枯竭至此，所以毛才会步步紧逼。

我在瘫痪在床的母亲的脸上，也看到过这种长眉毛和下巴上的黑毛。母亲手脚不能动，无法知道脸上长了长毛，我看到后告诉她，这里有根长的啊，她有时会说："要命，你帮我拔了吧。"有时说："算了，不拔了，我都这么老了。"有时就算我用力，也很难利索地拔掉，她连连呼痛让我住手。我一边觉得不该让卧床不起的老人受这种罪，一边觉得母亲脸上的长毛实在打眼，忍不住想要去拔。现在我的脸上，同一部位也生出了一模一样的长毛。

拔掉这些毛时，和过去一样，有种生理性的快感。

现在拔掉之后，年轻时没有的寂寥，无声地浸染了全身。

恋恋难舍

我觉得人终有一死，没办法。

母亲死了，父亲死了，父母死绝了。一只狗死了，又一只狗死了。两个朋友死了。大姨死了，我小时特别疼爱我的大姨。不久前小姨死了，母亲的姐妹里最肖似母亲的小姨。表弟给我发来照片，我吓了一跳，以为母亲又死了一次。

有一对夫妇和我非常要好。他们住在柏林。妻子不到七十岁，丈夫七十四五岁。我们早在二十世纪八十年代便已相识，起初我因为工作认识了妻子，后来结识了丈夫。我们几年见一次面，关系越来越亲近，他们就像我住在远方的大姐夫妇。我们之间保持着礼仪，又十分亲密，无话不谈。

这位丈夫现在患了癌症。前年秋天我去斯德哥尔摩时，途中去柏林看望了他们。我在前面已经写过。

春天时我们在东京见了面。丈夫消瘦了很多。不过我们仍和从前一样，漫步了东京，吃了美食。"现在我吃不出味道，感觉不出美味了……"丈夫一直说。

今年一月我又去了柏林。因为想去森鸥外纪念馆，想听柏林爱乐，想见朋友。主要目的是去看望他们。

从去年春天到今年春天，一年时间里丈夫虚弱了很多。拥抱他时，能感到他的身体那么细瘦。不过，他为了我脱掉睡衣，和过去一样装扮得绅士而潇洒，围了颜色鲜亮的丝巾。

他还活着。还将活下去。我要看着他活下去。然而，只要稍微想一想他的事，我就感伤得不能自已。

他不诉苦，和我说了很多有趣开心的话，给我放了他喜欢的音乐。妻子也不诉苦，微笑盈盈，和以往一样给我做了好吃的。

刚发现得了癌症时，丈夫给我发来邮件："我对妻子说，原以为我们能白头偕老的，把她说哭了。"这句话在我心头萦绕不去。

这一次，丈夫笑眯眯地说："我们初遇时，她还在上高中呢。"我开玩笑说："哈，你这不是犯罪吗？"他反驳我："不是犯罪，那时我也年轻啊。"一句话说得我哀伤难抑。

我知道人终有一死，没办法。我亲爱的朋友终将死去，没办法。但是，我一想到他死后将剩下妻子一人，就难受得要命。过去我不会这样。我经历了山海人生，现在能想象出很多事情的逼真场景。再加上我熟悉这个家，几乎能想象出妻子将在家中哪个位置因为思念丈夫而哭泣。

我完全不懂德语，柏林对我来说是外地。但我经常去见他们，仿佛去离我家不远的小城。

每次回熊本，我都要去看望几位老人。作家兼诗人I九十岁了。评论家W八十七岁。W先生还健朗，I女士很衰弱，平时住老人院，经常住院。

每次去见I女士，我都发现她又瘦了。骨骼上贴着一层皮肤，嘴巴瘦成了鸟喙，人变得那么小，那么细，像个远离浮世的异人。

人终有一死，没办法。但我舍不得。

我告诉I女士，这阵子我跟W先生学了很多文学方面的事情。她夸奖我："哎呀，你做得很好。"她还告诉我：

恋恋难舍　237

"我也想当一个你这样的诗人。"我很欣喜。母亲死前曾对我说:"有你在太好了。"这是母亲说给我的最好的一句话。但母亲没有对我的诗人职业说过什么,没想到现在我从I女士口中听到了。

那之后几个月过去,I女士变得更细更小,几近干涸,更加像远离浮世的异人。

本书连载刚开始时,夫的身体每况愈下,大家都知道,夫后来死了。那之后,我周围的几个人患了病,有人情况危急,有人离开了。我五十多岁时度过了快乐的更年期,现在六十多,感觉人生在褪色。老去这件事,实在太寂寞了。实在,实在,实在,太寂寞了。

还有一个朋友也患了癌症。她与我同岁,我们相识几十年,经常见面,经常聊天。有一次我们说起癌症,她不经意地说:"死,其实就那么回事。让我难过的是,平日里,我看见落日那么美,看见云那么壮观,狗那么可爱,都不能跟人说了。"我默默听她这么讲,当时没能领会其中意味。朋友的肿瘤是初期的,做了彻底切除,暂时还不会死,但这两句话萦绕在我心间,随着时间的流逝,发出了越来越清晰的震响。

人生咨询的回答

其实我在做人生咨询的情感老师。二十多年前在《西日本新闻》上做过，2017年在《东京新闻》上也开始了连载。在美国西海岸的日语媒体 Lighthouse（灯塔）上也有。我已是老资历回答人了。我在这里向大家倾诉人生，在外面立场倒转，听别人倾诉苦恼。

这么多年做下来，我的做法总是：无论读者倾诉了多么复杂艰难的事，我都想其所想，痛其所痛，认真回答。

在报纸上做人生咨询和面对面式的心理辅导不一样。在报纸上回答问题，不仅要针对提问者，还要给不特定的大多数的读者提供一份阅读的乐趣。既要让读者感到有趣，还要引发共情，让读者参与思考。

开始没多久，我意识到一个问题，那就是如果提问者身边有可以商量的人，就不会向报纸发问。提问者已经不堪重负，被问题逼得走投无路了。如果我也像其他大报人生咨询栏的回答者一样，讽刺或者呵斥提问者，说不定会变成最后一根稻草，彻底压垮提问者。也许有人将落入绝望的深渊而自杀。

所以无论遇到什么问题，我都不会非难。我就当自己是提问者的姐姐或姨母，就当坐在他身旁，听他说话，根据他的立场写出回答。

我做了二十多年的回答人，已是人生达人。是这样吧？我觉得自己是。我觉得人生需要抓住几个基本原则，其余可以用这些原则做出应变。

首先是"我就是我"。

能坚持"我就是我"的人，也能理解"他人是他人"。懂得了"他人是他人"，就能恋爱，能和邻居、亲戚、职场同事打交道。"我就是我"换一种说法，就是"坚持自我"。

比如遭遇家暴，比如因为工作和生活过分努力而疲惫不堪，就是一种长期无法坚持自我的状态，所以痛苦不堪。这种时候只能想尽办法逃离。

这一条是我摸索出的人生经验，我觉得合理而务实。所以我四处宣言要坚持自我，也用自己的人生做了实践。不久前，我向一位三十多岁的女性说起这个，她回答说，不知道该坚持的自我究竟是什么。这是一场杂志采访，读者层是三十多岁的女性，她是采访现场的撰稿人。我在心里说"啊，你连这个都不知道吗？"。不过我也懂得三十多岁女性的这种迷惘，因为不知道该坚持什么，所以内心哀伤。

在当下的日本社会里，所有人都穿着无形的统一制服，将自己封闭进一个无形框架，从众做着同样的事，为此憋屈不堪。不仅当下如此，过去也是这样。因为我也在里面痛苦挣扎过。太难活了。不过幸好，我从事的是一份正视自己的工作，在相对较早的阶段看清了自我，变得坦然了。虽然在恋爱和遭遇婚姻危机时发生过很多紊乱，不过我拖着、抱着、背着自我，一步一步走出来了。

现在我想断言，年轻时的种种紊乱都是激素作祟。大家一定也有所察觉。女人到了五十岁后半段，激素急剧变化，就会切身体会到"我就是我"这句话的真意。我说得没错吧？

其次是"粗粗拉拉马马虎虎吊儿郎当"。

这句话我从《好乳房坏乳房》时就在说了。

观察种种人生之苦后，我发现人生的诸多问题，大抵是我们想扮演好孩子、好人的角色。越有能力的人，演技也越来越好。其结果，就是被自己扮演的角色束缚住，喘不过气。所以我提倡"粗粗拉拉马马虎虎吊儿郎当"。让我们念着这个口诀，在我们快要变成"好孩子""好人"和"好母亲"的时候，横冲直撞地闯过去。

说到这里，顺便还有一条就是，反抗父母。

如果你正值青春期，不用我教，你也在反抗父母。我自己反抗过，我的女儿们更是大反特反。我觉得应该记住这一条，即使变成成熟的大人，即使进了更年期，即使更年期结束，也该尽可能地去反抗父母。不要活成父母的骄傲，宁可努力以尘土之姿活下去。我平时不喜欢用"努力"这个词，在这里一定要用。要抑制住自己想做好孩子的心。顺从父母的意见是简单的，要抗拒这种简单。不努力的话，这些都很难做到。

说了一番我通过实践得来的人生奥义，最后再加一条这几年明白的事，那就是跳尊巴。

请大家不要捂耳朵，先听我说嘛。平时，我下意识地不做给身体增添负担的事，可是在尊巴课上，我跟着音乐、舞步和老师的指挥，很轻易地就越过了体力的界限，跳得浑身大汗，呼哧带喘，筋骨酸痛。我不禁自问：你在做什么呀？同时也意识到了一件事。

那就是，自己的意志也好，意识也罢，其实都不算什么，不必用意志或意识去控制所有事，有些事放开就好了。

不跳尊巴也没关系，练瑜伽、游泳、慢跑、登山或平地漫步都行，或者不做这些运动也没关系，弹钢琴、坐禅、练习书法、学英语、擀荞麦面也是可以的。只要知道一点就好，意志或意识都不算什么，它们无法操控的地方，才有真正的你。

石牟礼道子

我告诉《妇人公论》编辑部的 K："我写不了。"他想请我写一篇悼念文章。我写得太多了，比吕美疲惫至极，写不出来了，再也写不出来了，熊本的唐芋团子美味，天草的岩牡蛎美味[1]……

再写就涉及写作者的伦理了。

我写完前面的人生咨询，才发现，这阵子写了太久关于石牟礼道子女士的文章，终于写了一篇与她无关的人生咨

---

[1] 日本长跑选手圆谷幸吉（1940—1968）曾跑出多项长跑日本纪录，并获得1964年奥运会马拉松项目铜牌，1968年精神不堪重负自杀，留下遗书："父亲母亲，三日山药泥很美味，干柿和糯米糕很美味。兄长，寿司很美味，葡萄酒和苹果很美味……幸吉现在疲惫至极，再也跑不下去了……"川端康成、三岛由纪夫和寺山修司等作家曾以圆谷幸吉之死为主题写过文章。

询。我写到"放不下旧事",忽然想起二十几年前,我去加利福尼亚之前曾对石牟礼女士诉苦,说我一直放不下很多旧事,感到走投无路。她听后,用平和而轻幽的声调说:"放不下旧事也是缘。"

啊,写到这里,我满脑子都是石牟礼道子女士的事,除了她,我不想写别的了。

有时我很害怕诗人的能力。诗人会在不知不觉中写出预言。前面《恋恋难舍》中的I女士就是石牟礼,现在她真的去世了。当然,石牟礼女士九十岁,已经非常年迈,何时去世都不奇怪。每次我与她道别时,都要叮嘱她:要活着啊!我知道这话不合适,不过石牟礼女士早已看破生死,我们之间有种说什么都无妨的信赖。每次她听我说完,都用明朗而微弱的声音说:"你等着看吧。"这几年来,她仿佛活在生死之间的境界里。

我和石牟礼女士长相肖似。大约三十年前,我和她尚未见过面,我接到她的电话:"对不起,我知道这很没礼貌,不过,我们长得太像了。"确实,看从前的黑白照片,几乎分辨不出哪个是她,哪个是我。很多初次见到我的人,也感叹过我与她肖似。就连生我养我的母亲,在轻微失智后,也拿着石牟礼女士的照片反复问我："这是你吗？这是你吗？"每次我都耐心地教给母亲，这是石牟礼道子。母亲渐渐不问了，她自己得出结论："看来从事同一个职业的人，连脸都会越来越像。"

我和石牟礼女士的衣着和外观给人的印象大不一样。我穿一身黑，T恤衫加牛仔裤，像个红不起来的摇滚歌手。石牟礼女士的衣着有淡淡的东南亚风格。我们只有五官和表情相似。

每次回熊本，我都去看她。这是我回熊本的目的之一。每次要回去之前，我首先就会想到，啊，日本有石牟礼道子在。

听到石牟礼女士去世的消息后，不久便接到M报社记者的电话，我和这位记者很熟，说着说着我忍不住哭了。母亲死时我都没哭。因为母亲死后我得立即飞回去奔丧，而石牟礼女士死后，我什么也不用做，不用飞回日本，只能在加利福尼亚独自想着这件事，啊，一个人死去了。

我联系了几个在熊本的友人，这几年来，她们伴随在石牟礼女士身边，各自对石牟礼女士怀有一番情意。于是我发现，我必须写悼念文章。很久之前，K通讯社里相熟的记者（活到我这个年纪，在各报社都有熟悉的记者）跟我打过招呼："万一石牟礼道子有了什么事情，请你一定给我社写文章。"当时我答应了，一直记得约定。果然不出我所料，记者发来邮件，说在恭候我的稿子。于是我含泪写了。

我写东西非常慢。未及写完这篇，各家报纸都打电话给我，让我谈谈石牟礼女士。我前脚在电话里谈完，几十分钟后记者便打来确认电话，告诉我新闻稿已经写好，没过多久，新闻稿便见诸网络。我感喟记者能力之高效率之快，也为此心焦，越发写不下去。

不过后来我想通了。写悼念文章，就是我用自己的方式为石牟礼女士献上一份供养，是我的道别。想通之后便文如泉涌，绵绵难绝，仿佛我给她点燃了一炷又一炷祭拜之香。

"吊唁"这个词让我想到无数沙丁鱼在天草的海中哭泣的情景。

大海中

万万千千沙丁鱼

在悼念

不对不对，这是金子美铃。于是我从沙丁鱼联想起鱼干，以前我和平松洋子一起去看望石牟礼女士，石牟礼女士用一个电饭锅为我们做了非常美味的"道子饭"。

道子饭是石牟礼女士想出的做饭方法。老人院没有厨房，她先用电饭锅的内胆当锅，用茶树油煎熟沙丁鱼干、昆布和胡萝卜（正好有），煎好后取出菜，在剩下的汤汁里放糯米、胡萝卜、昆布佃煮和山椒小鱼干，做成米饭，这样既有了米饭，也有了配菜。我又想起一首诗：

有时是红萝卜
有时是乌黑的昆布
有时是捣碎的鱼

啊，不对，这是石垣凛的诗。

石牟礼道子在《苦海净土》里是这么写的：

"孩子妈，烧饭！俺去抓鱼。你用海水淘米，用海湾的漂亮潮水烧出的饭，得多好吃啊。"

我想起来了，书中水俣的渔民夫妻这么说着，在海上吃了鲷鱼的生鱼片和刚出锅的米饭。

"大姐,鱼是天给俺的。天给的东西不要钱。天见俺需要就给了,不让俺饿肚子。这荣华,还有啥比得上?"

我想起石牟礼女士,就会不由自主地把她的语句和其他女诗人的连到一起。

水漫涨,势要吞噬一切。

这句特别有石牟礼道子的风格。

也像在描述世上所有女人。

小留结婚

小女儿小留说她要结婚，将在旧金山市政厅举行婚礼。

所以我们都要去参加。婚礼前几天，小留发来邮件："妈妈，你别穿平时那件 Ture Religion 的 T 恤衫过来，要穿得正式些。还有 D（二女儿沙罗子的伴侣），记得穿皮鞋哟。"D 一年四季光脚穿人字拖，穿衣休闲至极，是个百分之百的加利福尼亚男人。好的，指令收到，我穿了这几年出席颁奖仪式时的衣服，D 换上一身西装，当然穿了皮鞋，沙罗子穿了出席别人婚礼时的衣服。婚礼那天，我们到旧金山市政厅一看，很吃了一惊。

市政厅矗立在市区中央，宏大庄严，金光耀眼，我见惯了加利福尼亚随意而亲民的市政建筑，旧金山的完全不同，它在得意扬扬地俯视众人：我是模仿欧洲建筑盖的，如何？很帅吧。走进去一看，四处是穿着婚礼裙的年轻人，看来这里是年轻人举行婚礼的热门场所。

就在我们等待的时候，大女儿鹿乃子一家也来了，小留的纽约朋友来了，住在东海岸的小留父亲一方的亲属来了，最后新人现身，小留穿着全身是花的婚礼裙，新郎穿了全身是花的礼服。他们给我们介绍了男方亲属，寒暄之后举行了婚礼。

因为是市政厅，主持婚礼的不是神职人员。身穿礼服的法官让新人面对面站好，朗读了一段话，两人跟着朗读后交换戒指。五分钟后仪式便结束了。后来我问过小留，据说这段话的大意是："我，小留，承诺F是我的合法丈夫，发誓从此以后无论富贵贫穷，无论健康疾病，都不离不弃，相守终生。"法官是亚裔，看上去性格温和，给人感觉很好。

新郎是菲律宾人，非法滞留者。小留是美国人，结婚后他就能以配偶身份拿到绿卡了，所以他着急结婚。这是小留决定结婚时告诉我的。"什么？你难道不是被利用了吗?！"我真心为小留担忧。不过小留执意要结婚，没办法，我只好心情复杂地过来参加婚礼，反正结婚和离婚都是人生经验。

小留结婚

不过现在，担忧已云消雾散。和有没有在留资格无关，小留和新郎都为结婚而欣喜，她是恋爱中的年轻女人，他是恋爱中的年轻男人。男方家人看上去对小留非常好（两人为了省钱，住在男方母亲家里）。

新郎母亲为两人筹备了婚礼派对，上了菲律宾传统的烤乳猪和阿斗波饭。旧金山有菲律宾人社会，来了一拨又一拨操着英语和他加禄语的客人，他们围着小留，用抚摸和拥抱表示喜爱。感觉小留嫁给了菲律宾人社会。

我培养了一个相当好的孩子。小留开朗而坦率，正义感很强，不擅长学习，但终归进了大学，顺利毕了业。她不爱看书，但对事情很有思考。无论对方是谁，她都能大大方方有礼有节地交谈，餐桌礼仪完美，筷子用得很好，会说日语。这么看的话，她是一个特别好的孩子。倒是我，从前一天到晚对这么好的孩子挑刺，我究竟不满意她什么啊。

婚礼时，我带了夫的画。挂在起居室里的一幅，其实我很舍不得。不过小留说想要。夫年纪很大了才有的小留，对他来说，小留是意外的珍宝，如果夫还活着，也来参加婚礼，肯定二话不说，把画送给小留。想到这里，我才把画从墙上摘下来，擦净灰尘，带到婚礼上，一直抱在怀里。

婚礼上还有一个场景。

沙罗子买来一捧鲜花,送给新郎的母亲,并简短致辞:"谢谢你筹备了这么好的派对,谢谢你把小留当作家人,谢谢你的盛情欢迎。"不是我让她这么做的!她在众人面前,主动做了这些。新郎母亲感动得擦眼泪。我还是第一次看见这样的沙罗子。我知道的沙罗子,绝对做不出这种事情。没想到她能站到众人面前,在无数目光注视之下阐述自己的心声,让众人感动。

从前她只要站到众人面前,就会失去表情,像一根棍子一样戳在那里一动不动。从小学、中学、高中直至大学,为此我去学校接了她(高中时好一些)。为了这个我真没少受罪,没少受罪啊,就像失去外壳的软贝游过太平洋的惊涛骇浪,就像坐在没有安全带的惊险过山车上一路摇晃。现在终于走出来了。大女儿也让我操心过,不过,我通过写《伊藤不高兴制作所》这本书,多少化解了一些。到了沙罗子这儿,我写不出来。发愁到无法下笔的程度。连我都愁成这样,可见沙罗子本人经历了多少痛苦。

我知道的。一切都怪我不管不顾地把她们带到了美国。现在沙罗子过了三十岁,性情平和稳定多了,不仅有了能正经八百穿皮鞋的人生伴侣，还能当众发言。

我忍不住哭了。结果被鹿乃子和沙罗子嗔怪："妈，你的哭点是不是错位了。"说得我怪不好意思的，我回嘴说："我知道小留会好的，不用我担心。"

说不定，这就是我的真心话。

查帕拉尔[1]

在这块土地上住尽二十几年
知道了"查帕拉尔"这个词

今年春天是惊人的春天
我看到龙舌兰的奔放生长

山顶冒出一株芽
长出茎
长出花蕾

---
[1] 即 Chaparral，灌木丛。

名为查帕拉尔龙舌兰

山麓龙舌兰

西班牙人的刺刀

上帝的烛焰

查帕拉尔

这个词无法翻译

日语片假名那么粗暴

最近我在家的附近

开车五分钟的地方

发现一处巨大的查帕拉尔

找到一条穿越树丛的路

我带着狗走进去了

一路进去,路分成左右两条

左行向山,我爬上山

山上平坦,走在其上俯视下方

一路走上最高处

俯瞰查帕拉尔

被鼠尾草丛覆盖了的查帕拉尔

登山人影出没，狗身隐约

下山也有人与狗影

跑步人身后跟着狗

看到了岔路，看到了一切

看到了冒出嫩芽的龙舌兰

走上岔路，攀上山岩

光秃秃的岩石上坡路。生着古老的栎树。树干扭曲的栎树。

扭曲着向下沉落

我看见树上生着橡子

听见草原狼的远呼

看见草原狼的食剩残余

是野兔的尾巴

看见月亮升起

看见太阳落下

看见大雨

听见雷鸣

和谁邂逅，和谁告别

看见花开

看见盛开后的枯萎

看见枯萎成灰

夏末 秋初

在挪威的文学节上，我和邻座的罗马尼亚诗人说了话

现在

所有的门都大敞着

眼前是空旷的草原，有风吹过

草叶随风起伏

我在看

我的头发在风中狂飞

皮肤被晒焦，眼看着黑了下去

我大张开手接住风

张开口

用力吸着风

这就是我的心情

我坐在酒店的餐桌上,面向奥斯陆峡湾之海,云浓,薄光浮现在空中

夏末。秋初。

粗壮的马栗树上生着绿色果子,草地边缘盛开着不舍得离去的夏花。窗户很大,门很大,外面有露台。通向露台的门打不开。我试过了。没办法,酒店希望客人在室内吃早餐。刚才走进餐厅时,一个年长女性与我擦肩而过。她双手端着餐盘和杯子,我为她开门,她感谢我,笑着走了出去。盘上早餐堆积如小山。她想坐到外面潮湿的椅子上,看着天空和大海吃下小山吧。

你多大岁数?我问。

四十八岁。罗马尼亚诗人说。

再有一点,再有一点就走到这里了。

至今为止的欲望,想抑难抑

冲动,抑制不住,无从抑制

在我脑中生出生理反应,操纵着我

所以我成了我

欲望和冲动

都想抑而难抑，奔流不息

在过去，这些

就是我

现在不一样了

静下来了

没有声音

没有颜色

没有别人

站在那里的孤零零的一个，确实就是我

生理反应从所有血管，所有细胞中

出逃

让我制造，让我捡拾收集，让我孕育，让我有了牵绊

不对，不对

是我主动制造，捡拾，收集，孕育了谁，缠绕了谁

他们来了又走了

剩在这里的，是皮肤暗沉生皱的我

我喜欢"女人"

我是"女人"

除了"女人"之外，我什么也不是

我想一直当"女人"

现在

让我成为"女人"的生理反应消失了

我依旧是"女人"

除了"女人"之外，我什么也不是

我要一直"女人"

这么多年来，我对"女人"写了随笔

却没写过诗

我写不出这种诗

没有，就是我的结论

我站起身走出去。二十几年前写的诗还没有被翻译成挪威语。我要去读，用日语读。这些诗也是我。

日式炒面

一天我路上被人叫住

市场里有一个日裔聚集的居酒屋

就在购物中心的一角

居然有干萝卜丝和鹿角菜小菜

隔壁是咖喱店

居然有炸猪排咖喱

再隔壁是日式甜点店

有草莓蛋糕

秋天还有蒙布朗

再再隔壁是市场

一个上年纪的女店员

在招呼客人试吃

她高声喊着,用带日本口音的英语

六十多岁

生于日本,在日本长大

年轻时来到美国

在美国的时间比在日本长

她不会回去了

她对家人从始至终说着日语

她说日语

孩子和孙子

从始至终用英语回答

今天,就在现在,她高喊

这位太太请过来看看

这里 included(有)好吃的 sauce(酱汁)哟

我就是这位太太

听到后停下脚步

我站在那里思考

那喊声

想叫住的

是谁?

什么来历的人?

什么性别?

生活在什么环境下?

她想和被叫住的人

共有什么

她叫住的就是我

与我共有

语言,性别,年龄,立场,兴趣,金钱观

她瞄准了

她递来炒面请我试吃

我接过来

吃出怀旧的滋味

我在心里想

哎呀,这个面 rather cheap(相当便宜)呢

把那里所有的

都掷进去了[1]

把生命

掷进了

购物筐里

谢谢,她说

不用客气,我说

女人在这里

生生死死相交相替

我们连在一起

一条命连起下一个女人

连起几十人几百人几千人

几代几十代

生生不息

---

1 夏目漱石有一句俳句:把那里所有的菊花都掷进棺中吧。

后记

前些年我五十多岁，更年期前后，雌性激素锐减，我对人生的看法变得非常清晰，感觉真正的自我终于走出了外壳，过程很开心。哪怕是给母亲和父亲送终，哪怕是目送女儿们长大单飞，都觉得充实。那段时期我写了《闭经记》，对我来说，是把《义经记》和《平家物语》加在一起除以二，是我的战记。

但是闭经之后，我进入六十岁，父母不在了，日本成了一片空虚，女儿们离开后，家里的年轻气息消失了。夫越来越衰老（因为我找了一个比我年纪大很多的），继而死去，我一步一步走进孤独，每天过得没什么意思。

夫先是无法开车，不再喝威士忌，后来坐上轮椅，与二楼的卧室告别，睡进一楼的客房，我睡在工作间的简易床上，过起梦寐以求的夫妻分房睡的生活。我为他洗衣服（以前没洗过），为他穿袜子，经常给他剪脚指甲。他的脚指甲变得厚而疏松，我让他坐下，用热水泡脚，我用锉刀锉，再一点一点地修剪。之后夫更加衰老下去，不停地去医院，去急救医院，去老人康复机构。

本书连载刚开始时，我曾模模糊糊地想过，等不及写完全书，夫就会死吧。

已经丧夫的朋友们都跟我说，丈夫死后，妻子会寂寞。我也有预感，还憧憬了一下，就像幼儿园的小孩想象以后的小学生活。我甚至想把本书连载定名为《寂寞》。但那时夫还在，我还没有真正感到寂寞，正在考虑怎么定名时，连载开始了。万般无奈，我将书名定为《衰暮与道别》，还是感觉不对，衰暮与道别的意象太清幽而微弱，我的人生里没有这种东西。

夫终究死了。我原以为他还能再活几个月，或者几年。

我想得太乐观了。哪怕我经历了几次亲人之死，还是太乐观了。母亲和父亲乃至狗，都在我以为不要紧的时候死去。夫也是。

夫死后，寂寞是真的寂寞，生活却没有发生大的变化。我照常工作，散步，送走黄昏，迎来黎明。

尼可也老了，不愿再去岩山散步。我只好先带它去附近公园玩，之后送它回家，只带着克莱默去岩山。最初克莱默总是停步回头张望，寻找尼可，后来习惯了。在岩山上，我松开牵引绳，克莱默在荒凉粗粝的大自然中自由奔跑，跑啊跑啊，再回到我身边。

我和家附近的日本人夫妇成了好朋友，我们聚在一起用日语聊天，用鱼当下酒菜喝啤酒。夫在时，我要考虑到他不懂日语，所以一直说英语。夫死后，我尝到了日语解禁的滋味。住在洛杉矶的友人不时来我家小住。大家都和我一样，生于日本，流落到了美国。我和夫共同结识的只能说英语的朋友，我们还保持着交流。我的朋友们都那么好。不过有一天我发现，最近我总是在写岩山植物和狗，已经没有其他想写的东西，这证明每日的独居生活失去了夫健在时充实而真实的感觉。夫死去两年了，我以这种方式认识了寂寞。就在这时，早稻田大学邀请我回国教书，我找不到拒绝的理由。

1991年。我在冲动之下跑来美国待了三个月。那时我的人生滞晦，万事挫折。我来美国的表面理由是想了解美国原住民的口传诗歌。深层理由是什么呢？是想做年轻时没有做过的"寻找自我"吧。

我想看草原狼。也确实看到了，不过都是公路上的尸骸。1997年正式定居后，见过几次活的。在加利福尼亚见过，在亚利桑那见过。见过草原狼无声地横穿过道路，见过它们站在道路的彼方。

下定接受邀请回日本的决心之后，我第一次听到了草原狼的嚎叫。就在我日常去的岩山，对面的山崖之上，看不见身影，但确实有一匹草原狼在呼叫我们。那声音巨大而凄厉，克莱默吓得呜呜叫出来，给它套上牵引绳，它才松了一口气，不出声了。

一天，日本友人说："你为寻找草原狼来了美国，现在要带一匹回去。"我和克莱默相依为命生活至今，若把它丢在美国我一个人回日本，岂不是背叛了它，我良心上过不去。我愣了一下，问朋友什么意思，朋友说："我觉得克莱默就是草原狼的替身。"如此说来，撇开性格不谈，至少克莱默长相狂野，像野性的呼唤。我想，这也是一种看法。

衷心感谢《妇人公论》杂志编辑部的小林裕子女士，为连载画了插图的MAYAMAXX女士，本书封面的大象是夫忌日那一篇的插图。感谢文艺编辑部的横田朋音女士、三浦由香子女士。之前在《美味》一书时已多蒙三浦女士关照，我在那本书里光顾着说美食，忘记感谢她了。唉，我真是，无论多大年纪，始终成不了一个正经的成熟大人。不过，这就是我的活法。所以我扔掉了《衰暮与道别》这么幽然的名字，决定将此书定名为《暮色渐至》[1]。

在最后要唱一句，我不会再被寂寞困扰了。

2018年7月

伊藤比吕美

1　日版原书名直译为《暮色渐至》——编者

TASOGARETEYUKUKOSAN
BY Hiromi ITO
Copyright © 2018、2021 Hiromi ITO
Original Japanese edition published by CHUOKORON-SHINSHA, INC.
All rights reserved.
Chinese (in Simplified character only) translation copyright ©2024 by China South Booky Culture Media Co., Ltd.
Chinese (in Simplified character only) translation rights arranged with
CHUOKORON-SHINSHA, INC. through BARDON CHINESE CREATIVE AGENCY LIMITED, HONG KONG.

© 中南博集天卷文化传媒有限公司。本书版权受法律保护。未经权利人许可，任何人不得以任何方式使用本书包括正文、插图、封面、版式等任何部分内容，违者将受到法律制裁。

著作权合同登记号：图字 18-2024-096

图书在版编目（CIP）数据

身后无遗物 /（日）伊藤比吕美著；蕾克译 . -- 长沙：湖南文艺出版社，2024.6
ISBN 978-7-5726-1729-4

Ⅰ . ①身… Ⅱ . ①伊… ②蕾… Ⅲ . ①散文集—日本—现代 Ⅳ . ① I313.65

中国国家版本馆 CIP 数据核字（2024）第 079394 号

上架建议：日本文学·散文集

SHENHOU WU YIWU
身后无遗物

著　　者：	[日]伊藤比吕美
译　　者：	蕾　克
出 版 人：	陈新文
责任编辑：	张子霏
监　　制：	毛闽峰
策划编辑：	陈　鹏
特约编辑：	赵志华
版权支持：	金　哲
营销编辑：	刘　珣　焦亚楠
装帧设计：	wscgraphic.com
出　　版：	湖南文艺出版社
	（长沙市雨花区东二环一段 508 号　邮编：410014）
网　　址：	www.hnwy.net
印　　刷：	三河市中晟雅豪印务有限公司
经　　销：	新华书店
开　　本：	775 mm × 1120 mm　1/32
字　　数：	140 千字
印　　张：	8.75
版　　次：	2024 年 6 月第 1 版
印　　次：	2024 年 6 月第 1 次印刷
书　　号：	ISBN 978-7-5726-1729-4
定　　价：	49.80 元

若有质量问题，请致电质量监督电话：010-59096394
团购电话：010-59320018